L'Organisation du travail

Louis Blanc

L'Organisation du travail

Janvier 1845. C'est à vous, riches, que ce livre s'adresse, puisqu'il y est question des pauvres. Car leur cause est la vôtre. Dernièrement, au milieu de nous, dans Paris, au bruit des réjouissances voisines, un pauvre enfant est mort gelé, derrière une guérite. Le fait a été publié comme un simple accident : il n'a étonné personne. S'il n'y avait que des douleurs exceptionnelles et solitaires à soulager, la charité y suffirait peut-être. Mais le mal a des causes aussi générales que profondes ; et c'est par milliers qu'on les compte, ceux qui, parmi nous, sont en peine de leur vêtement, de leur nourriture et de leur gîte. Comment cela est-il possible ? Pourquoi, au sein d'une civilisation tant vantée, cet abaissement tragique et cette longue agonie de la moitié des humains ? Le problème est obscur. Il est terrible. Il a provoqué des révoltes qui ont ensanglanté la terre sans l'affranchir. Il a usé des générations de penseurs. Il a épuisé des dévoûments d'une majesté toute divine. Voilà deux mille ans déjà que des nations entières s'agenouillent devant un gibet, adorant dans celui qui voulut y mourir, le sauveur des hommes. Et pourtant, que d'esclaves encore ! Que de lépreux dans le monde moral ! Que d'infortunés dans le monde visible et sensible ! Que d'iniquités triomphantes ! Que de tyrannies savourant à leur aise les scandales de leur impunité ! Le rédempteur est venu ; mais la rédemption, quand viendra-t-elle ? Le découragement, toutefois, est impossible, puisque la loi du progrès est manifeste. Si la durée appartient au mal, elle appartient aussi, et bien plus, encore à cette protestation de la conscience humaine qui le flétrit et le combat, protestation variée dans ses formes, immuable dans son principe, protestation immense, universelle, infatigable, invincible.

Donc, la grandeur du problème ne nous doit point accabler. Seulement, il convient de l'aborder avec frayeur et modestie. Le résoudre, personne en particulier ne le pourrait ; en combinant leurs efforts, tous le peuvent. Dans l'œuvre du progrès universel, que sont, considérés l'un après l'autre, les meilleurs ouvriers ? Et néanmoins, l'ouvrage avance, la besogne du genre humain va s'accomplissant d'une manière irrésistible, et chaque homme qui étudie, travaille, même en se trompant, à l'œuvre de vérité. Aussi bien, rendre son intelligence attentive aux choses dont le cœur est ému, donner à la fraternité la science pour flambeau, penser et sentir à la fois, réunir dans un même effort d'amour la vigilance de l'esprit et les puissances de l'ame, se faire dans l'avenir des peuples et dans la justice de Dieu une confiance assez courageuse pour lutter contre la permanence du mal et sa mensongère immortalité... est-il un plus digne emploi du temps et de la vie ? Organisation du travail : ces mots, il y a quatre ou cinq ans, expiraient dans le vide ; aujourd'hui, d'un bout de la France à l'autre, ils retentissent. " faisons une enquête sur le sort des travailleurs, " disait dernièrement M Ledru-Rollin dans un journal sincère et courageux, la réforme ; et il n'en a pas fallu davantage pour faire tressaillir notre société malade. Voilà le sujet d'études trouvé. Il n'y en aura jamais d'aussi vaste, mais il n'y en eut jamais d'aussi nécessaire. Que nous opposent les ennemis du progrès ou ceux qui l'aiment d'un amour timide ? Ils disent qu'à entretenir le peuple de ses misères, avant de l'avoir investi de sa souveraineté, il y a peut-être imprudence et péril ; ils disent qu'il faut craindre de le confiner dans des préoccupations égoïstes, en remplaçant chez lui par un mobile matérialiste et grossier, ces grands mobiles qui se nomment la dignité humaine, l'honneur, la gloire, l'orgueil du bien, la patrie.

Ainsi, le pauvre cèderait à une préoccupation égoïste, en faisant connaître ce qu'il souffre et combien il souffre, non pas seulement dans lui-même, mais dans ses enfants condamnés à un labeur précoce et homicide, dans sa femme inconsolable d'une maternité trop féconde, dans son vieux père mourant sur le grabat de la charité publique ! Ainsi, elle était empreinte de matérialisme, cette admirable et lugubre devise des ouvriers de Lyon, affamés et soulevés : vivre en travaillant ou mourir en combattant ! non, non. La vie, le travail, toute la destinée humaine tient dans ces deux mots suprêmes. Donc, en demandant que le droit de vivre par le travail soit réglé, soit garanti, on fait mieux encore que disputer des millions de malheureux à l'oppression de la force ou du hasard : on embrasse dans sa généralité la plus haute, dans sa signification la plus profonde, la cause de l'être humain ; on salue le créateur dans son œuvre. Partout où la certitude de vivre en travaillant ne résulte pas de l'essence même des institutions sociales, l'iniquité règne. Or, celui-là ne saurait faire acte d'égoïsme qui se raidit contre l'iniquité, fut-il seul au monde à en souffrir ; car, en ce moment, il représente toutes les douleurs, tous les principes, et il porte l'humanité dans lui. Loin d'accuser des préoccupations matérialistes, l'organisation du travail en vue de la suppression de la misère, repose sur le spiritualisme le mieux senti. Qui l'ignore ? La misère retient l'intelligence de l'homme dans la nuit, en renfermant l'éducation dans de honteuses limites. La misère conseille incessamment le sacrifice de la dignité personnelle, et presque toujours elle le commande. La misère crée une dépendance de condition à celui qui est indépendant par caractère, de sorte qu'elle cache un tourment nouveau dans une vertu et change en fiel ce qu'on porte de générosité dans le sang.

Si la misère engendre la souffrance, elle engendre aussi le crime. Si elle aboutit à l'hôpital, elle conduit aussi au bagne. Elle fait les esclaves ; elle fait la plupart des voleurs, des assassins, des prostituées. Nous voulons donc que le travail soit organisé de manière à amener la suppression de la misère, non pas seulement afin que les souffrances matérielles du peuple soient soulagées, mais aussi, mais surtout, afin que chacun soit rendu à sa propre estime ; afin que l'excès du malheur n'étouffe plus chez personne les nobles aspirations de la pensée et les jouissances d'un légitime orgueil ; afin qu'il y ait place pour tous dans le domaine de l'éducation et aux sources de l'intelligence ; afin qu'il n'y ait plus d'homme asservi, absorbé par la surveillance d'une roue qui tourne, plus d'enfant transformé pour sa famille en un supplément de salaire, plus de mère armée par l'impuissance de vivre contre le fruit de ses entrailles, plus de jeune fille réduite, pour avoir du pain, " à vendre le doux nom d'amour ! " nous voulons que le travail soit organisé, afin que l'ame du peuple, -son ame, entendez-vous ? -ne reste pas comprimée et gâtée sous la tyrannie des choses ! Pourquoi séparer ce qu'il a plu à Dieu de rendre, dans l'être humain, si absolument inséparable ? Car enfin, la vie est double par ses manifestations, mais elle est une par son principe. Il est impossible d'attenter à l'un des deux modes de notre existence sans entamer l'autre. Quand le corps est frappé, n'est-ce point l'ame qui gémit ? La main de ce mendiant tendue vers moi, me révèle la déchéance forcée de sa nature morale, et dans le mouvement de cet esclave qui s'agenouille, qui tremble, je découvre l'abaissement de son cœur. Comment la vie ne serait-elle pas respectable dans chacun de ses modes ? N'est-ce pas de la mystérieuse intimité de l'ame et du corps que résulte l'être humain ? Que le christianisme ait frappé la chair d'anathème, c'est vrai.

Mais cet anathème ne fut qu'une réaction nécessaire contre la grossièreté des mœurs payennes. Le paganisme avait été une longue et brutale victoire de la force sur l'intelligence, des sens sur l'esprit. Le christianisme ne vint pas rétablir l'équilibre, il fit durer le combat, en déplaçant la victoire. C'est ainsi qu'après avoir adopté, avec les dogmes du péché originel, de la chute des anges, du paradis et de l'enfer, l'antique théorie de la lutte de deux principes : le bien, le mal ; il plaça le principe du mal dans la matière . Mais fallait -il confondre ce que le christianisme avait de relatif, de transitoire, avec ce qu'il avait de divin et d'éternel ? Fallait-il s'écrier : la souffrance est sainte à jamais ? La souffrance était sainte dans l'apôtre, se vouant pour la propagande des idées nouvelles, aux privations les plus dures et à des fatigues sans nom ; elle était sainte dans le martyr, enthousiaste et indomptable soldat du Christ : elle ne pouvait l'être, ni dans le solitaire, oubliant de servir les hommes pour aller pousser, au fond d'un volontaire exil, des gémissements pleins d'égoïsme ; ni dans le religieux, s'acharnant à dégrader, par un inutile et lent suicide, son propre corps, œuvre inviolable de Dieu ! Et qui ne sait combien l'abus de la pensée chrétienne produit de maux ? Il s'est trouvé dans le spiritualisme catholique une source d'oppression tout aussi féconde, hélas ! Que dans le matérialisme payen. La tyrannie s'est exercée au nom de l'esprit comme elle s'était exercée au profit de la chair ; et les autels élevés dans l'antiquité aux dieux de la force n'ont pas été souillés de plus de sang qu'il n'en a coulé, depuis, sous la main des bourreaux de l'inquisition. Le paganisme avait divinisé la débauche, dégradation du corps par l'excès du plaisir : le catholicisme a canonisé l'ascétisme, dégradation du corps par l'excès de la douleur.

Le paganisme avait outragé l'ame humaine jusqu'à faire des esclaves : le catholicisme a dédaigné le côté matériel de l'humanité, jusqu'à souffrir qu'il y eût des pauvres. Et toutefois, proscrire l'un des deux éléments qui constituent l'être humain est tellement contraire à l'essence des choses, tellement impossible, qu'il n'y a jamais eu, sous ce rapport, de système absolu. Dans l'antique mythologie. Vénus n'excluait pas Minerve. Et en même temps que l'église catholique recommandait aux hommes de mortifier leur chair, elle s'attachait à parler aux sens par le déploiement de sa puissance temporelle, par la magnificence de ses cérémonies, par les merveilleuses basiliques où elle enfermait la majesté du Dieu né dans une étable, par l'harmonie enfin et les parfums dont elle emplissait le sanctuaire. C'est qu'en effet on ne peut sacrifier trop complètement la vie du corps à celle de l'ame, sans attenter à la nature humaine. Il répugne à la raison, dans la théorie du progrès, d'admettre que l'humanité doive rester à jamais victime de je ne sais quel étrange et terrible combat entre l'esprit et la chair . Si ce combat a eu lieu jusqu'ici, c'est parce que les sociétés n'ont pas encore trouvé un milieu qui leur convienne. Or, toute civilisation fausse a cela de fatal, qu'en répartissant d'une manière inique les travaux et les plaisirs, elle empêche, et chez les oppresseurs et chez les opprimés, l'harmonieux emploi des facultés soit morales soit corporelles : chez les premiers, par la facilité de l'abus ; chez les seconds, par l'altération de l'usage. Reste à savoir s'il ne nous est pas permis de croire qu'un tel désaccord doit un jour cesser. Car, pourquoi l'harmonie ne succéderait-elle pas dans l'homme lui-même à l'antagonisme ? Pourquoi l'harmonie ne deviendrait-elle pas la loi de la vie individuelle, comme elle est la loi des mondes ? Gardons-nous de scinder le problème, si nous aspirons à le résoudre.

La formule du progrès est double dans son unité : amélioration morale et matérielle du sort de tous, par le libre concours de tous et leur fraternelle association ! ce qui rentre dans l'héroïque devise que nos pères écrivirent, il y a cinquante ans, sur le drapeau de la révolution : liberté, égalité, fraternité. Rapprochement bizarre et triste ! La classe des privilégiés est, de nos jours, perdue de sensualisme ; elle a trouvé, en fait de luxe, des raffinements inouis ; elle n'a plus guère d'autre religion que le plaisir ; elle a reculé le domaine des sens jusqu'aux plus extrêmes limites de la fantaisie ; pour elle, employer la vie n'est rien, en jouir est tout... et c'est du sein de ce monde heureux, c'est du fond des boudoirs dorés où se berce sa philosophie, qu'on nous adjure de ne pas faire appel au matérialisme des intérêts, quand nous demandons, pour le pauvre, la certitude d'avoir du travail, le pain quotidien, un asile, des vêtements, le pouvoir d'aimer et l'espérance ! Quant à ceux qui, reconnaissant la nécessité de résoudre les questions sociales, pensent néanmoins que l'examen doit en être ajourné, et qu'il sera temps de s'en occuper quand la révolution politique se trouvera enfin accomplie, nous ne saurions les comprendre. Quoi ! Il faut conquérir le pouvoir, sauf à se rendre compte plus tard de ce qu'on en doit faire ! Quoi ! Il faut se mettre en route, avant d'avoir fixé le point qu'il s'agit d'atteindre ! On se trompe étrangement, si l'on croit que les révolutions s'improvisent. Les révolutions qui n'avortent pas sont celles dont le but est précis et a été défini d'avance. Voyez la révolution bourgeoise de 89 ! Quand elle éclata, chacun en aurait pu dresser le programme. Sortie vivante de l'encyclopédie, ce grand laboratoire des idées du Xviiie siècle, elle n'avait plus, en 1789, qu'à prendre matériellement possession d'un domaine déjà conquis moralement.

Et cela est si vrai, que le tiers-état d'alors ne trouvait pas d'inconvénient à se passer de législateurs. Des mandats impératifs ! Criait-on de toutes parts. Pourquoi ? Parce que, dans la pensée de tous, le but de la révolution était parfaitement défini. On savait ce qu'on voulait ; pour quelle cause et de quelle manière on le voulait. Ouvrons les fameux cahiers de cette époque : la révolution y est tout entière ; car la constitution de I 79 i n'en fut qu'un résumé fidèle. Aussi, comme elle s'est fortement installée, cette révolution de 89, et combien ses racines sont profondément descendues dans la société ! Les orages de la convention ont eu beau passer sur elle ; l'empire a eu beau l'éclipser à force de villes prises et de batailles gagnées ; la restauration a eu beau la combattre par tout ce qu'il y a de plus puissant chez les hommes, la superstition politique et la superstition religieuse, elle a reparu sur les ruines mêlées de la convention, de l'empire et de la restauration. I 83 o appartient à cette chaîne dont 1789 fut le premier anneau. 1789 avait commencé la domination de la bourgeoisie ; I 83 o l'a continuée. Voyez, au contraire, la révolution de I 793 ! Combien a-t-elle duré ? Qu'en reste-t-il ? Et pourtant, de quelle puissance, de quelle audace, de quel génie n'étaient pas doués ceux qui s'étaient chargés de son triomphe ? Quels efforts gigantesques ! Quelle effrayante activité ! Que de ressorts mis en jeu, depuis l'enthousiasme jusqu'à la terreur ! Que d'instruments usés au service des doctrines nouvelles, depuis l'épée du général d'armée jusqu'au couteau de l'exécuteur ! Mais le but de cette révolution, dont les conventionnels avaient à donner le catéchisme, n'avait pas été défini longtemps à l'avance. Aucune des théories aventurées par Robespierre et Saint-Just n'avait été suffisamment élaborée au sein de la nation.

Jean-Jacques avait bien publié le contrat social ; mais la voix de ce grand homme s'était à demi perdue dans la clameur immense dont les publicistes de la bourgeoisie remplirent le Xviiie siècle. C'était donc tout un nouveau monde à créer, à créer en quelques jours, à créer au milieu d'un déchaînement inouï de résistances et de colères. Il fallut improviser, demander aux passions l'appui que ne pouvaient pas encore fournir les idées ; il fallut étonner, enflammer, enivrer, dompter les hommes qu'un travail antérieur n'avait pas disposés à se laisser convaincre. De là, des obstacles sans nombre, des malentendus terribles et sanglants, de fraternelles alliances tout à coup dénouées par le bourreau ; de là ces luttes sans exemple qui firent successivement tomber dans un même panier fatal la tête de Danton sur celle de Vergniaud, et la tête de Robespierre sur celle de Danton. Souvenons-nous de cette époque, si pleine d'enseignements. Ne perdons jamais de vue ni le moyen ni le but ; et loin d'éviter la discussion des théories sociales, provoquons-la autant qu'il sera en nous, afin de n'être pas pris au dépourvu et de savoir diriger la force quand elle nous sera donnée. Mais on émettra beaucoup d'idées fausses, on prêchera bien des rêveries ? Qu'est-ce à dire ? Fut-il jamais donné aux hommes d'arriver du premier coup à la vérité ? Et lorsqu'ils sont plongés dans la nuit, faut-il leur interdire de chercher la lumière, parce que, pour y arriver, ils sont forcés de marcher dans l'ombre ? Savez-vous si l'humanité n'a aucun parti à tirer de ce que vous appelez des rêveries ? Savez-vous si la rêverie aujourd'hui ne sera pas la vérité dans dix ans, et si, pour que la vérité soit réalisée dans dix ans, il n'est pas nécessaire que la rêverie soit hasardée aujourd'hui ? Une doctrine, quelle qu'elle soit, politique, religieuse ou sociale, ne se produit jamais sans trouver plus de contradicteurs que d'adeptes, et ne recrute quelques soldats qu'après avoir fait beaucoup de martyrs.

Toutes les idées qui ont puissamment gouverné les hommes n'ont-elles pas été réputées folles, avant d'être réputées sages ? Qui découvrit un nouveau monde ? Un fou qu'on raillait en tout lieu. Sur la croix que son sang inonde, un fou qui meurt nous lègue un dieu. N'acceptons pas aveuglément tout ce que des esprits légers nous donneraient comme autant d'oracles ; et cherchons la vérité avec lenteur, avec prudence, avec défiance même ; rien de mieux. Mais pourquoi fermerions-nous carrière aux témérités de l'esprit ? à une armée qui s'avance en pays inconnu, il faut des éclaireurs, dussent quelques uns d'entre eux s'égarer. Ah ! L'intrépidité de la pensée n'est pas aujourd'hui chose si commune, qu'on doive glacer les intelligences en travail et décourager l'audace. Que craignez-vous ? Qu'on jette dans les esprits des notions fausses sur la condition du prolétaire et les moyens de l'améliorer ? Si ces notions sont fausses, la discussion les emportera, comme le vent emporte la paille mêlée au grain. Que craignez-vous encore ? Que la hardiesse de certaines solutions données aux questions sociales, ne porte le trouble dans les cœurs et ne nuise au succès de la réforme politique ? Mais d'abord, est-ce que les questions de suffrage universel, de souveraineté réelle du peuple, n'effraient personne en France ? Et que faire là, sinon montrer par vives raisons la puérilité et le vide de ces frayeurs ? Mais quoi ! Ce qui effraye le plus dans les partis, ce n'est pas ce qu'ils disent, c'est ce qu'ils négligent ou refusent de dire. L'inconnu ! Voilà ce qui épouvante surtout les ames faibles. Le parti démocratique sera-t-il accusé de pousser à une jacquerie industrielle, quand il aura scientifiquement développé les moyens de tirer l'industrie du désordre effroyable où elle s'égare ? S'armera-t-on contre lui des répugnances aveugles de la bourgeoisie, quand il aura prouvé que la concentration toujours croissante des capitaux la menace du même joug sous lequel fléchit la classe ouvrière ?

Ajoutons que, pour donner à la réforme politique de nombreux adhérents parmi le peuple, il est indispensable de lui montrer le rapport qui existe entre l'amélioration, soit morale soit matérielle, de son sort et un changement de pouvoir. C'est ce qu'ont fait, dans tous les temps, les véritables amis du peuple ou ses vengeurs. C'est ce que firent jadis à Rome ceux qui, émus d'une pitié sainte à la vue des débiteurs pauvres trop cruellement persécutés, entraînèrent la multitude sur le Mont-Aventin. C'est ce que faisait l'immortel Tibérius Gracchus, lorsque, dénonciateur convaincu des usurpations de l'aristocratie romaine, il criait aux pâles vainqueurs du monde : " on vous appelle les maîtres de l'univers, et vous n'avez pas une pierre où vous puissiez reposer votre tête. " c'est ce que fit en I 647 le pêcheur Masaniello, lorsqu'au milieu de la ville de Naples affamée par les orgies du vice-roi, il poussa le cri : " point de gabelles ! " c'est ce que firent enfin, il y a cinquante ans, ces philosophes fanatiques, ces vaillants soldats de la pensée, qui ne périrent à la tâche que parce qu'ils étaient venus trop tôt. à qui prétend le conduire, le peuple a droit de demander où on le mêne. Il ne lui est arrivé que trop souvent déjà de s'agiter pour des mots, de combattre dans les ténèbres, de s'épuiser en dévoûments dérisoires, et d'inonder de son sang, répandu au hasard, la route des ambitieux, tribuns de la veille, que le lendemain saluait oppresseurs ! Mais s'il est nécessaire de s'occuper d'une réforme sociale, il ne l'est pas moins de pousser à une réforme politique. Car si la première est le but, la seconde est le moyen . Il ne suffit pas de découvrir des procédés scientifiques, propres à inaugurer le principe d'association et à organiser le travail suivant les règles de la raison, de la justice, de l'humanité ; il faut se mettre en état de réaliser le principe qu'on adopte et de féconder les procédés fournis par l'étude.

Or, le pouvoir, c'est la force organisée. Le pouvoir s'appuie sur des chambres, sur des tribunaux, sur des soldats, c'est-à-dire sur la triple puissance des lois, des arrêts et des baïonnettes. Ne pas le prendre pour instrument, c'est le rencontrer comme obstacle. D'ailleurs, l'émancipation des prolétaires est une œuvre trop compliquée ; elle se lie à trop de questions, elle dérange trop d'habitudes, elle contrarie, non pas en réalité mais en apparence, trop d'intérêts, pour qu'il n'y ait pas folie à croire qu'elle se peut accomplir par une série d'efforts partiels et de tentatives isolées. Il y faut appliquer toute la force de l'état. Ce qui manque aux prolétaires pour s'affranchir, ce sont les instruments de travail : la fonction du gouvernement est de les leur fournir. Si nous avions à définir l'état, dans notre conception, nous répondrions : l'état est le banquier des pauvres. Maintenant, est-il vrai, comme M De Lamartine n'a pas craint de l'affirmer dans un récent manifeste, est-il vrai que cette conception " consiste à s'emparer, au nom de l'état, de la propriété et de la souveraineté des industries et du travail, à supprimer tout libre arbitre dans les citoyens qui possèdent, qui vendent, qui achètent, qui consomment, à créer ou à distribuer arbitrairement les produits, à établir des maximum, à régler les salaires, à substituer en tout l'état propriétaire et industriel aux citoyens dépossédés ? " à dieu ne plaise que nous ayons jamais rien proposé de semblable ! Et si c'est nous que M De Lamartine a prétendu réfuter, il est probable qu'il ne nous a pas fait l'honneur de nous lire. Ainsi qu'on le verra plus bas, nous demandons que l'état, -lorsqu'il sera démocratiquement constitué, -crée des ateliers sociaux, destinés à remplacer graduellement et sans secousse les ateliers individuels ; nous demandons que les ateliers sociaux soient régis par des statuts réalisant le principe d'association et ayant forme et puissance de loi.

Mais, une fois fondé et mis en mouvement, l'atelier social se suffirait à lui-même et ne relèverait plus que de son principe ; les travailleurs associés se choisiraient librement, après la première année, des administrateurs et des chefs ; ils feraient entre eux la répartition des bénéfices ; ils s'occuperaient des moyens d'agrandir l'entreprise commencée... où voit-on qu'un pareil systême ouvre carrière à l'arbitraire et à la tyrannie ? L'état fonderait l'atelier social, il lui donnerait des lois, il en surveillerait l'exécution, pour le compte, au nom et au profit de tous ; mais là se bornerait son rôle : un tel rôle est-il, peut-il être tyrannique ? Aujourd'hui, quand le gouvernement fait arrêter des voleurs parce qu'ils se sont introduits dans une maison, est-ce qu'on accuse pour cela le gouvernement de tyrannie ? Est-ce qu'on lui reproche d'avoir envahi le domaine de la vie individuelle, d'avoir pénétré dans le régime intérieur des familles ? Eh bien, dans notre système, l'état ne serait, à l'égard des ateliers sociaux, que ce qu'il est aujourd'hui à l'égard de la société tout entière. Il veillerait sur l'inviolabilité des statuts dont il s'agit, comme il veille aujourd'hui sur l'inviolabilité des lois. Il serait le protecteur suprême du principe d'association, sans qu'il lui fût loisible ou possible d'absorber en lui l'action des travailleurs associés, comme il est aujourd'hui le protecteur suprême du principe de propriété, bien qu'il n'absorbe pas en lui l'action des propriétaires. Mais nous faisons intervenir l'état, du moins au point de vue de l'initiative, dans la réforme économique de la société ? Mais nous avons pour but avoué de miner la concurrence, de soustraire l'industrie au régime du laissez faire et du laissez passer ? Sans doute ; et, loin de nous en défendre, nous le proclamons à voix haute.

Pourquoi ? Parce que nous voulons la liberté. Oui, la liberté !

Voilà ce qui est à conquérir ; mais la liberté vraie, la liberté pour tous, cette liberté qu'on chercherait en vain partout où ne se trouvent pas l'égalité et la fraternité, ses sœurs immortelles. Si nous demandions pour quel motif la liberté de l'état sauvage a été jugée fausse et détruite, le premier enfant venu nous répondrait ce qu'il y a réellement à répondre. La liberté de l'état sauvage n'était, en fait, qu'une abominable oppression, parce qu'elle se combinait avec l'inégalité des forces, parce qu'elle faisait de l'homme faible la victime de l'homme vigoureux et de l'homme impotent la proie de l'homme agile. Or, nous avons, dans le régime social actuel, au lieu de l'inégalité des forces musculaires, l'inégalité des moyens de développement ; au lieu de la lutte corps à corps, la lutte de capital à capital, au lieu de l'abus de la supériorité physique, l'abus d'une supériorité convenue ; au lieu de l'homme faible, l'ignorant ; au lieu de l'homme impotent, le pauvre. Où donc est la liberté ? Elle existe assurément, et même avec la facilité de l'abus, pour ceux qui se trouvent pourvus des moyens d'en jouir et de la féconder, pour ceux qui sont en possession du sol, du numéraire, du crédit, des mille ressources que donne la culture de l'intelligence ; mais en est-il de même pour cette classe, si intéressante et si nombreuse, qui n'a ni terres, ni capitaux, ni crédit, ni instruction, c'est-à-dire rien de ce qui permet à l'individu de se suffire et de développer ses facultés ? Et lorsque la société se trouve ainsi partagée, qu'il y a d'un côté une force immense, et de l'autre une immense faiblesse, on déchaine au milieu d'elle la concurrence, la concurrence qui met aux prises le riche avec le pauvre, le spéculateur habile avec le travailleur naïf, le client du banquier facile avec le serf de l'usurier, l'athlète armé de pied en cap avec le combattant désarmé, l'homme ingambe avec le paralytique !

Et ce choc désordonné, permanent, de la puissance et de l'impuissance, cette anarchie dans l'oppression, cette invisible tyrannie des choses que ne dépassèrent jamais en dureté les tyrannies sensibles, palpables, à face humaine... voilà ce qu'on ose appeler la liberté ! Il est donc libre de se former à la vie de l'intelligence, l'enfant du pauvre, qui, détourné par la faim du chemin de l'école, court vendre son âme et son corps à la filature voisine, pour grossir de quelques oboles le salaire paternel ! Il est donc libre de discuter les conditions de son travail, l'ouvrier qui meurt, si le débat se prolonge ! Il est donc libre de mettre son existence à l'abri des chances d'une loterie homicide, le travailleur qui, dans la confuse mêlée de tant d'efforts individuels, se voit réduit à dépendre, non pas de sa prévoyance et de sa sagesse, mais de chacun des désordres qu'enfante naturellement la concurrence : d'une faillite lointaine, d'une commande qui cesse, d'une machine qu'on découvre, d'un atelier qui se ferme, d'une panique industrielle, d'un chômage ! Il est donc libre de ne pas dormir sur le pavé, le journalier sans travail qui n'a point d'asile ! Elle est donc libre de se conserver chaste et pure, la fille du pauvre, qui, l'ouvrage venant à manquer, n'a plus à choisir qu'entre la prostitution et la faim ! De nos jours, a-t-on dit, rien ne réussit mieux que le succès. C'est vrai, et cela suffit pour la condamnation de l'ordre social qu'un semblable aphorisme caractérise. Car, toutes les notions de la justice et de l'humanité sont interverties, là où l'on a d'autant plus de facilités pour s'enrichir qu'on a moins besoin de devenir riche, et où l'on peut d'autant moins échapper à la misère qu'on est plus misérable.

Le hasard de la naissance vous a-t-il jeté parmi nous dans un dénûment absolu ? Travaillez, souffrez, mourez : on ne fait pas crédit au pauvre, et la doctrine du laissez faire le voue à l'abandon. Etes-vous né au sein de l'opulence ? Prenez du bon temps, menez joyeuse vie, dormez : votre argent gagne de l'argent pour vous. Rien ne réussit mieux que le succès ! Mais le pauvre a le droit d'améliorer sa position ? Eh qu'importe s'il n'en a pas le pouvoir ? Qu'importe au malade qu'on ne guérit pas, le droit d'être guéri ? Le droit, considéré d'une manière abstraite, est le mirage qui, depuis 1789, tient le peuple abusé. Le droit est la protection métaphysique et morte qui a remplacé, pour le peuple, la protection vivante qu'on lui devait. Le droit, pompeusement et stérilement proclamé dans les chartes, n'a servi qu'à masquer ce que l'inauguration d'un régime d'individualisme avait d'injuste et ce que l'abandon du pauvre avait de barbare. C'est parce qu'on a défini la liberté par le mot droit, qu'on en est venu à appeler hommes libres, des hommes esclaves de la faim, esclaves du froid, esclaves de l'ignorance, esclaves du hasard. Disons-le donc une fois pour toutes : la liberté consiste, non pas seulement dans le droit accordé, mais dans le pouvoir donné à l'homme d'exercer, de développer ses facultés, sous l'empire de la justice et sous la sauve-garde de la loi. Et ce n'est point là, qu'on le remarque bien, une distinction vaine : le sens en est profond, les conséquences en sont immenses. Car, dès qu'on admet qu'il faut à l'homme, pour être vraiment libre, le pouvoir d'exercer et de développer ses facultés, il en résulte que la société doit à chacun de ses membres, et l'instruction, sans laquelle l'esprit humain ne peut se déployer, et les instruments de travail, sans lesquels l'activité humaine ne peut se donner carrière.

Or, par l'intervention de qui la société donnera-t-elle à chacun de ses membres l'instruction convenable et les instruments de travail nécessaires, si ce n'est pas l'intervention de l'état ? C'est donc au nom, c'est pour le compte de la liberté, que nous demandons la réhabilitation du principe d'autorité. Nous voulons un gouvernement fort, parce que, dans le régime d'inégalité où nous végétons encore, il y a des faibles qui ont besoin d'une force sociale qui les protége. Nous voulons un gouvernement qui intervienne dans l'industrie, parce que là où l'on ne prête qu'aux riches, il faut un banquier social qui prête aux pauvres. En un mot, nous invoquons l'idée de pouvoir, parce que la liberté d'aujourd'hui est un mensonge, et que la liberté de l'avenir doit être une vérité. Qu'on ne s'y trompe pas, du reste ; cette nécessité de l'intervention des gouvernements est relative ; elle dérive uniquement de l'état de faiblesse, de misère, d'ignorance, où les précédentes tyrannies ont plongé le peuple. Un jour, si la plus chère espérance de notre cœur n'est pas trompée, un jour viendra où il ne sera plus besoin d'un gouvernement fort et actif, parce qu'il n'y aura plus dans la société de classe inférieure et mineure. Jusque -là, l'établissement d'une autorité tutélaire est indispensable . Le socialisme ne saurait être fécondé que par le souffle de la politique. ô riches, -c'est à vous, je le répète en finissant, que ce livre est dédié ; -on vous trompe quand on vous excite contre ceux qui consacrent leurs veilles à la solution calme et pacifique des problèmes sociaux. Oui, c'est votre cause que cette cause sainte des pauvres. Une solidarité de céleste origine vous enchaîne à leur misère par la peur, et vous lie par votre intérêt même à leur délivrance future.

Leur affranchissement seul est propre à vous ouvrir le trésor, inconnu jusqu'ici, des joies tranquilles ; et telle est la vertu du principe de fraternité, que ce qu'il retrancherait de leurs douleurs, il l'ajouterait nécessairement à vos jouissances. " prenez garde, vous a-t-on dit, prenez garde à la guerre de ceux qui n'ont pas contre ceux qui ont. " ah ! Si cette guerre impie était réellement à craindre, que faudrait-il donc penser, grand dieu ! De l'ordre social qui la porterait dans ses entrailles ? Misérables sophistes ! Ils ne s'aperçoivent pas que le régime dont ils balbutient la défense serait condamné sans retour, s'il méritait la flétrissure de leurs alarmes ! Quoi donc ! Il y aurait un tel excès dans les souffrances de ceux qui n'ont pas, de telles haines dans les ames, et, dans les profondeurs de la société, un si impétueux désir de révolte, que prononcer le mot de fraternité, mot du Christ, serait une imprudence terrible, et comme le signal de quelque nouvelle jacquerie ! Non : qu'on se rassure. La violence n'est à redouter que là où la discussion n'est point permise. L'ordre n'a pas de meilleur bouclier que l'étude. Grace au ciel, le peuple comprend aujourd'hui que, si la colère châtie quelquefois le mal, elle est impuissante à produire le bien ; qu'une impatience aveugle et farouche ne ferait qu'entasser des ruines sous lesquelles périrait étouffée la semence des idées de justice et d'amour. Il ne s'agit donc pas de déplacer la richesse, il s'agit de l'universaliser en la fécondant. Il s'agit d'élever, pour le bonheur de tous, de tous sans exception, le niveau de l'humanité. I. N'ayant plus que quelques jours à vivre, Louis Xi fut tout -à-coup saisi d'un immense effroi. Ses courtisans n'osaient plus prononcer devant lui ce mot terrible, ce mot inévitable : la mort.

Lui-même, comme si pour éloigner la mort, il eût suffi d'en nier les approches, il s'étudiait misérablement à faire briller dans son regard éteint les éclairs d'une joie factice. Il dissimulait sa pâleur. Il ne voulait point chanceler en marchant. Il disait à son médecin : " mais voyez donc ! Jamais je ne me suis mieux porté. " ainsi fait la société d'aujourd'hui. Elle se sent mourir et elle nie sa décadence. S'entourant de tous les mensonges de sa richesse, de toutes les pompes vaines d'une puissance qui s'en va, elle affirme puérilement sa force, et, dans l'excès même de son trouble, elle se vante ! Les privilégiés de la civilisation moderne ressemblent à cet enfant spartiate qui souriait, en tenant caché sous sa robe le renard qui lui rongeait les entrailles. Ils montrent, eux aussi, un visage riant ; ils s'efforcent d'être heureux. Mais l'inquiétude habite dans leur cœur et le ronge. Le fantôme des révolutions est de toutes leurs fêtes. La misère a beau ne frapper, loin de leurs demeures, que des coups mesurés et silencieux, l'indigent a beau s'écarter du chemin de leurs joies ; ils souffrent de ce qu'ils soupçonnent ou devinent. Si le peuple reste immobile, ils se préoccupent amèrement de l'heure qui suivra. Et lorsque le bruit de la révolte est tombé, ils en sont réduits à prêter l'oreille au silence des complots. Je demande qui est réellement intéressé au maintien de l'ordre social, tel qu'il existe aujourd'hui. Personne ; non, personne. Pour moi, je me persuade volontiers que les douleurs que crée une civilisation imparfaite se répandent, en des formes diverses, sur la société tout entière. Entrez dans l'existence de ce riche : elle est remplie d'amertume. Pourquoi donc ? Est-ce qu'il n'a pas la santé, la jeunesse, et des flatteurs ? Est-ce qu'il ne croit pas avoir des amis ? Mais il est à bout de jouissances, voilà sa misère ; il a épuisé le désir, voilà son mal.

L'impuissance dans la satiété, c'est la pauvreté des riches ; la pauvreté moins l'espérance ! Parmi ceux que nous appelons les heureux, combien qui se battent en duel par besoin d'émotion ! Combien qui affrontent les fatigues et les périls de la chasse pour échapper aux tortures de leur repos ! Combien qui, malades dans leur sensibilité, succombent lentement à de mystérieuses blessures, et fléchissent peu à peu, au sein même d'un bonheur apparent, sous le niveau de la commune souffrance ! à côté de ceux qui rejettent la vie comme un fruit amer, voici ceux qui la rejettent comme une orange desséchée : quel désordre social ne révèle pas ce désordre moral immense ! Et quelle rude leçon donnée à l'égoïsme, à l'orgueil, à toutes les tyrannies, que cette inégalité dans les moyens de jouir aboutissant à l'égalité dans la douleur ! Et puis, pour chaque indigent qui pâlit de faim, il y a un riche qui pâlit de peur. -" je ne sais, dit Miss Wardour, au vieux mendiant qui l'avait sauvée, ce que mon père a dessein de faire pour notre libérateur, mais bien certainement il vous mettra à l'abri du besoin pour le reste de votre vie. En attendant, prenez cette bagatelle. -pour que je sois volé et assassiné quelque nuit en allant d'un village à l'autre, répondit le mendiant, ou pour que je sois toujours dans la crainte de l'être, ce qui ne vaut guère mieux ! Eh ! Si l'on me voyait changer un billet de banque, qui serait ensuite assez fou pour me faire l'aumône ? " admirable dialogue ! Walter Scott ici n'est plus un romancier : c'est un philosophe, c'est un publiciste. Nous connaissons un homme plus malheureux que l'aveugle qui entend retentir dans la sébile de son chien l'obole implorée ; c'est le puissant roi qui gémit sur la dotation refusée à son fils.

Mais ce qui est vrai dans l'ordre des idées philosophiques l'est-il moins dans l'ordre des idées économiques ? Ah ! Dieu merci, il n'est pour les sociétés ni progrès partiel ni partielle déchéance. toute la société s'élève ou toute la société s'abaisse. Les lois de la justice sont-elles mieux comprises ? toutes les conditions en profitent. Les notions du juste viennent-elles à s'obscurcir ? toutes les conditions en souffrent. Une nation dans laquelle une classe est opprimée, ressemble à un homme qui a une blessure à la jambe : la jambe malade interdit tout exercice à la jambe saine. Ainsi, quelque paradoxale que cette proposition puisse paraître, oppresseurs et opprimés gagnent également à ce que l'oppression soit détruite ; ils perdent également à ce qu'elle soit maintenue. En veut-on une preuve bien frappante ? La bourgeoisie a établi sa domination sur la concurrence illimitée, principe de tyrannie : eh bien ! C'est par la concurrence illimitée que nous voyons aujourd'hui la bourgeoisie périr. J'ai deux millions, dites-vous ; mon rival n'en a qu'un : dans le champ-clos de l'industrie, et avec l'arme du bon marché, je le ruinerai à coup sûr. Homme lâche et insensé ! Ne comprenez-vous pas que demain, s'armant contre vous de vos propres armes, quelque impitoyable Rothschild vous ruinera ? Aurez-vous alors le front de vous en plaindre ? Dans cet abominable système de luttes quotidiennes, l'industrie moyenne a dévoré la petite industrie. Victoires de Pyrrhus ! Car voilà qu'elle est dévorée à son tour par l'industrie en grand, qui, elle-même, forcée de poursuivre aux extrémités du monde des consommateurs inconnus, ne sera bientôt plus qu'un jeu de hasard qui, comme tous les jeux de hasard, finira pour les uns par la friponnerie, pour les autres par le suicide.

La tyrannie n'est pas seulement odieuse, elle est aveugle. Pas d'intelligence où il n'y a pas d'entrailles. Prouvons donc : I que la concurrence est pour le peuple un système d'extermination ; 2 que la concurrence est pour la bourgeoisie une cause sans cesse agissante d'appauvrissement et de ruine. Cette démonstration faite, il en résultera clairement que tous les intérêts sont solidaires, et qu'une réforme sociale est pour tous les membres de la société, sans exception, un moyen de salut . Ii. La concurrence est pour le peuple un système d'extermination. Le pauvre est-il un membre ou un ennemi de la société ? Qu'on réponde. Il trouve tout autour de lui le sol occupé. Peut-il semer la terre pour son propre compte ? Non, parce que le droit de premier occupant est devenu droit de propriété. Peut-il cueillir les fruits que la main de Dieu a fait mûrir sur le passage des hommes ? Non, parce que, de même que le sol, les fruits ont été appropriés . Peut-il se livrer à la chasse ou à la pêche ? Non, parce que cela constitue un droit que le gouvernement afferme. Peut-il puiser de l'eau à une fontaine enclavée dans un champ ? Non, parce que le propriétaire du champ est, en vertu du droit d'accession, propriétaire de la fontaine. Peut-il, mourant de faim et de soif, tendre la main à la pitié de ses semblables ? Non, parce qu'il y a des lois contre la mendicité. Peut-il, épuisé de fatigue et manquant d'asile, s'endormir sur le pavé des rues ? Non, parce qu'il y a des lois contre le vagabondage. Peut-il, fuyant cette patrie homicide où tout lui est refusé, aller demander les moyens de vivre, loin des lieux où la vie lui a été donnée ? Non, parce qu'il n'est permis de changer de contrée qu'à de certaines conditions, impossibles à remplir pour lui.

Que fera donc ce malheureux ? Il vous dira : " j'ai des bras, j'ai une intelligence, j'ai de la force, j'ai de la jeunesse ; prenez tout cela, et en échange donnez-moi un peu de pain. " c'est ce que font et disent aujourd'hui les prolétaires. Mais ici même vous pouvez répondre au pauvre : " je n'ai pas de travail à vous donner. " que voulez -vous qu'il fasse alors ? La conséquence de ceci est très simple . Assurez du travail au pauvre. Vous aurez encore peu fait pour la justice, et il y aura loin de là au règne de la fraternité ; mais, du moins, vous aurez conjuré d'affreux périls et coupé court aux révoltes ? Y a-t-on bien songé ? Lorsqu'un homme qui demande à vivre en servant la société en est fatalement réduit à l'attaquer sous peine de mourir, il se trouve, dans son apparente agression, en état de légitime défense, et la société qui le frappe ne juge pas : elle assassine. La question est donc celle-ci : la concurrence est-elle un moyen d'assurer du travail au pauvre ? Mais poser la question de la sorte, c'est la résoudre. Qu'est-ce que la concurrence relativement aux travailleurs ? C'est le travail mis aux enchères. Un entrepreneur a besoin d'un ouvrier : trois se présentent. Combien pour votre travail ? -trois francs : j'ai une femme et des enfants. -bien. Et vous ? -deux francs et demi : je n'ai pas d'enfants, mais j'ai une femme. -à merveille. Et vous ? -deux francs me suffiront : je suis seul. -à vous donc la préférence. C'en est fait : le marché est conclu. Que deviendront les deux prolétaires exclus ? Ils se laisseront mourir de faim, il faut l'espérer. Mais s'ils allaient se faire voleurs ? Ne craignez rien, nous avons des gendarmes. Et assassins ? Nous avons le bourreau. Quant au plus heureux des trois, son triomphe n'est que provisoire.

Vienne un quatrième travailleur assez robuste pour jeûner de deux jours l'un, la pente du rabais sera descendue jusqu'au bout : nouveau paria, nouvelle recrue pour le bagne, peut-être ! Dira-t-on que ces tristes résultats sont exagérés ; qu'ils ne sont possibles, dans tous les cas, que lorsque l'emploi ne suffit pas aux bras qui veulent être employés ? Je demanderai, à mon tour, si la concurrence porte par aventure en elle-même de quoi empêcher cette disproportion homicide ? Si telle industrie manque de bras, qui m'assure que, dans cette immense confusion créée par une compétition universelle, telle autre n'en regorgera pas ? Or, n'y eût-il, sur trente-quatre millions d'hommes, que vingt individus réduits à voler pour vivre, cela suffit pour la condamnation du principe. Mais qui donc serait assez aveugle pour ne point voir que, sous l'empire de la concurrence illimitée, la baisse continue des salaires est un fait nécessairement général, et point du tout exceptionnel ? La population a-t-elle des limites qu'il ne lui soit jamais donné de franchir ? Nous est-il loisible de dire à l'industrie abandonnée aux caprices de l'égoïsme individuel, à cette industrie, mer si féconde en naufrages : " tu n'iras pas plus loin ? " la population s'accroît sans cesse : ordonnez donc à la mère du pauvre de devenir stérile, et blasphémez Dieu qui l'a rendue féconde ; car, si vous ne le faites, la lice sera bientôt trop étroite pour les combattants. Une machine est inventée : ordonnez qu'on la brise, et criez anathème à la science ; car, si vous ne le faites, les mille ouvriers que la machine nouvelle chasse de leur atelier iront frapper à la porte de l'atelier voisin et faire baisser le salaire de leurs compagnons. Baisse systématique des salaires, aboutissant à la suppression d'un certain nombre d'ouvriers, voilà l'inévitable effet de la concurrence illimitée.

Elle n'est donc qu'un procédé industriel au moyen duquel les prolétaires sont forcés de s'exterminer les uns les autres. Au reste, pour que les esprits exacts ne nous accusent pas d'avoir chargé les couleurs du tableau, voici quelle est, formulée en chiffres, la condition de la classe ouvrière à Paris. On y verra qu'il y a des femmes qui ne gagnent pas plus de soixante-quinze centimes par jour, et cela pendant neuf mois de l'année seulement, ce qui veut dire que pendant trois mois elles ne gagnent absolument rien, ou si l'on veut, que leur salaire, réparti sur toute l'année, se réduit à environ 57 centimes par jour. Que de larmes représente chacun de ces chiffres ! Que de cris d'angoisse ! Que de malédictions violemment refoulées dans les abîmes du cœur ! Voilà pourtant la condition du peuple à Paris, la ville de la science, la ville des arts, la rayonnante capitale du monde civilisé ; ville, du reste, dont la physionomie ne reproduit que trop fidèlement tous les hideux contrastes d'une civilisation tant vantée : les promenades superbes et les rues fangeuses, les boutiques étincelantes et les ateliers sombres, les théâtres où l'on chante et les réduits obscurs où l'on pleure, des monuments pour les triomphateurs et des salles pour les noyés, l'arc de l'étoile et la morgue ! C'est assurément une chose bien remarquable que la puissance d'attraction qu'exercent sur les campagnes ces grandes villes où l'opulence des uns insulte à tout moment à la misère des autres. Le fait existe pourtant, et il est trop vrai que l'industrie fait concurrence à l'agriculture. Un journal dévoué à l'ordre social actuel reproduisait naguère ces tristes lignes tombées de la plume d'un prélat, l'évêque de Strasbourg : " autrefois, me disait le maire d'une petite ville, avec trois cents francs je payais mes ouvriers ; maintenant mille francs me suffisent à peine.

Si nous n'élevons très haut le prix de leurs journées, ils nous menacent de nous quitter pour travailler dans les fabriques. Et cependant, combien l'agriculture, la véritable richesse de l'état, ne doit-elle pas souffrir d'un pareil ordre de choses ! Et remarquons que, si le crédit industriel s'ébranle, si une de ces maisons de commerce vient à crouler, trois ou quatre mille ouvriers languissent tout à coup sans travail, sans pain, et demeurent à la charge du pays. Car ces malheureux ne savent point économiser pour l'avenir : chaque semaine voit disparaître le fruit de leur travail. Et dans les temps de révolutions, qui sont précisément ceux où les banqueroutes deviennent plus nombreuses, combien n'est pas funeste à la tranquillité publique cette population d'ouvriers affamés qui passent tout à coup de l'intempérance à l'indigence ! Ils n'ont pas même la ressource de vendre leurs bras aux cultivateurs ; n'étant plus accoutumés aux rudes travaux des champs, ces bras énervés n'auraient plus de puissance. " ce n'est donc pas assez que les grandes villes soient les foyers de l'extrême misère, il faut encore que la population des campagnes soit invinciblement attirée vers ces foyers qui doivent la dévorer. Et, comme pour aider à ce mouvement funeste, ne voilà-t-il pas qu'on va créer partout des chemins de fer ? Car les chemins de fer, qui, dans une société sagement organisée, constituent un progrès immense, ne sont dans la nôtre qu'une calamité nouvelle. Ils tendent à rendre solitaires les lieux où les bras manquent, et à entasser les hommes là où beaucoup demandent en vain qu'on leur fasse une petite place au soleil ; ils tendent à compliquer le désordre affreux qui s'est introduit dans le classement des travailleurs, dans la distribution des travaux, dans la répartition des produits.

Passons aux villes de second ordre. Le docteur Guépin a écrit dans un petit almanach, indigne, je suppose, de tenir sa place dans la bibliothèque de nos hommes d'état, les lignes suivantes : " Nantes étant un terme moyen entre les villes de grand commerce et de grande industrie, telles que Lyon, Paris, Marseille, Bordeaux, et les places de troisième ordre, les habitudes des ouvriers y étant meilleures peut-être que partout ailleurs, nous ne croyons pouvoir mieux choisir pour mettre en évidence les résultats auxquels nous devons arriver, et leur donner un caractère de certitude absolue. à moins d'avoir étouffé tout sentiment de justice, il n'est personne qui n'ait dû être affligé en voyant l'énorme disproportion qui existe, chez les ouvriers pauvres, entre les joies et les peines ; vivre, pour eux, c'est uniquement ne pas mourir. Au delà du morceau de pain dont il a besoin pour lui et pour sa famille, au-delà de la bouteille de vin qui doit lui ôter un instant la conscience de ses douleurs, l'ouvrier ne voit plus rien et n'aspire à rien. Si vous voulez savoir comment il se loge, entrez dans une de ces rues où il se trouve parqué par la misère, comme les juifs l'étaient au moyen-âge par les préjugés populaires dans les quartiers qui leur étaient assignés. -entrez en baissant la tête dans un de ces cloaques ouverts sur la rue et situés au-dessous de son niveau : l'air y est froid et humide comme dans une cave ; les pieds glissent sur le sol malpropre, et l'on craint de tomber dans la fange. De chaque côté de l'allée, qui est en pente, et par suite au-dessous du sol, il y a une chambre sombre, grande, glacée, dont les murs suintent une eau sale, et qui ne reçoit l'air que par une méchante fenêtre trop petite pour donner passage à la lumière, et trop mauvaise pour bien clore.

Poussez la porte et entrez plus avant, si l'air fétide ne vous fait pas reculer ; mais prenez garde, car le sol inégal n'est ni pavé ni carrelé, ou au moins les carreaux sont recouverts d'une si grande épaisseur de crasse, qu'il est impossible de les voir. Ici deux ou trois lits raccommodés avec de la ficelle qui n'a pas bien résisté : ils sont vermoulus et penchés sur leurs supports ; une paillasse, une couverture formée de lambeaux frangés, rarement lavée parce qu'elle est seule, quelquefois des draps et un oreiller : voilà le dedans du lit. Quant aux armoires, on n'en a pas besoin dans ces maisons. Souvent un rouet et un métier de tisserand complètent l'ameublement. Aux autres étages, les chambres plus sèches, un peu plus éclairées, sont également sales et misérables. -c'est là, souvent sans feu, l'hiver, à la clarté d'une chandelle de résine, le soir, que des hommes travaillent quatorze heures par jour pour un salaire de quinze à vingt sous. Les enfants de cette classe, jusqu'au moment où ils peuvent, moyennant un travail pénible et abrutissant, augmenter de quelques liards la richesse de leurs familles, passent leur vie dans la boue des ruisseaux ; -pâles, bouffis, étiolés, les yeux rouges et chassieux, rongés par des ophthalmies scrofuleuses, ils font peine à voir ; on les dirait d'une autre nature que les enfants des riches. Entre les hommes des faubourgs et ceux des quartiers riches, la différence n'est pas si grande ; mais il s'est fait une terrible épuration : les fruits les plus vivaces se sont développés, mais beaucoup sont tombés de l'arbre. Après vingt ans, l'on est vigoureux ou l'on est mort. Quoi que nous puissions ajouter sur ce sujet, le détail des dépenses de cette fraction de la société parlera plus haut.

Loyer pour une famille 25 fr, blanchissage I 2, combustible 35, réparation des meubles 3, déménagement / au moins une fois chaque année / 2, chaussure I 2, habits O, / ils portent de vieux habits qu'on leur donne. / médecin gratuit. Pharmacien gratuit. Il faut que I 96 fr, complétant les 3 oofr gagnés annuellement par une famille, suffisent à la nourriture de quatre ou cinq personnes, qui doivent consommer, au minimum, en se privant beaucoup, pour I 5 ofr de pain. Ainsi, il leur reste 46 fr pour acheter le sel, le beurre, les chous et les pommes de terre ; nous ne parlerons pas de la viande, dont ils ne font pas usage. Si l'on songe maintenant que le cabaret absorbe encore une certaine somme, on comprendra que, malgré les quelques livres de pain fournies de temps en temps par la charité, l'existence de ces familles est affreuse. " nous avons eu occasion d'étudier par nous-mêmes à Troyes l'influence du régime social actuel sur le sort de la classe ouvrière ; et nous avons eu sous les yeux des spectacles navrants. Mais, pour qu'on ne nous accuse pas d'exagération, nous laisserons parler les chiffres que nous a fournis une enquête personnelle : statistique de l'industrie à Troyes. Bonnetiers : 4 oo maîtres, payant patente et employant environ 3 oo ouvriers, dont la moitié gagnent par jour de Ifràifr 25 ; le quart, de Ifr 25 àifr 5 o ; et l'autre quart Ifr. Charpentiers : 25 maîtres, occupant 2 5 o ouvriers. Les prix de la journée de travail sont de Ifr 75, 2 fret 2 fr 25. Cordonniers : 2 oo maîtres, et de 3 ooà 4 oo ouvriers, lesquels gagnent de Ifr 25 àifr 75. Quelques-uns, les bottiers, gagnent de 2 frà 2 fr 5 o. Maçons : 2 o maîtres, occupant à peu près I 5 o ouvriers. Prix de la journée : de Ifr 75 à 2 fr 5 o, comme pour les couvreurs.

Menuisiers : I 5 o maîtres, occupant environ 7 oo ouvriers. Prix moyen de la journée 2 fr. Plafonniers et peintres en bâtiments : Ioo maîtres et 3 oo ouvriers. Le prix de la journée varie de Ifr 5 oà 2 fr. Serruriers : 8 o maîtres et 25 o ouvriers environ. Prix de la journée : de Ifr 75 à 2 fr 25. Tailleurs d'habits : I 2 o maîtres et 2 ooà 25 o ouvriers, gagnant par jour de Ifr 25 à 2 fr 5 o. Les plus habiles et les mieux placés gagnent jusqu'à 3 fr 5 o. Mais de ceux-là le nombre est fort petit. Tanneurs et corroyeurs : 25 ateliers occupant de 5 oà 6 o ouvriers qui gagnent de 2 à 3 fr. Ils ne travaillent que onze heures par jour. Tisserands : ils sont au nombre de 5 ooà 6 oo. Ils gagnent journellement de 75 càifr 5 o. Quelques-uns vont jusqu'à 2 fr ; mais en travaillant I 3 et même I 4 heures par jour. Nous n'avons pas fait entrer dans ce tableau les professions qui n'occupent qu'un très petit nombre d'ouvriers. Veut-on des chiffres d'un caractère plus général et d'une portée plus sinistre ? Il résulte d'un rapport officiel, publié en I 837, par M Gasparin, que le nombre des indigens secourus dans les I 329 hôpitaux et hospices du royaume ne s'élevait pas, en I 833, à moins de 425, O 49. En ajoutant à ce nombre accusateur celui des indigents secourus à domicile par les bureaux de bienfaisance, l'auteur du beau livre sur la misère des classes laborieuses, M Buret, constate, comme résultat certain des dernières investigations administratives, qu'en France il y a plus d'un million d'hommes qui souffrent, littéralement, de la faim et ne vivent que des miettes tombées de la table des riches. Encore ne parlons-nous ici que des indigents qui sont officiels : que serait-ce donc si nous pouvions faire le compte exact de ceux qui ne le sont pas ? En supposant qu'un indigent officiel en représente au moins trois, supposition admise par M Buret, et qui n'a sûrement rien d'exagéré, on est conduit à reconnaître que la masse de la population souffrante est à la population totale, à peu près dans le rapport de Ià 9.

La neuvième partie de la population réduite à la misère ! N'est-ce donc pas assez pour que nous proclamions vos institutions cruelles et le principe de ces institutions à jamais impie ? Nous venons de montrer par des chiffres à quel excès de misère l'application du lâche et brutal principe de la concurrence a poussé le peuple. Mais tout n'est pas dit encore. La misère engendre d'effroyables conséquences : allons jusqu'au cœur de ce triste sujet. Malesuada Fames, disaient les anciens, la faim mauvaise conseillère . Mot terrible et profond ! Suivant les calculs de M Frégier, chef de bureau à la préfecture de police, il existe à Paris 235, Ooo ouvriers de tout sexe et de tout âge à l'époque du ralentissement des travaux, et 265, Ooo pendant la période de pleine activité. Sur ce nombre, et toujours d'après les mêmes calculs, il y a 3 3, Ooo individus qui, précipités dans les bas-fonds du vice par la misère et l'ignorance, s'agitent et pourrissent dans un désespoir forcené. Quant aux misérables qui ne demandent les moyens de vivre qu'à une criminelle industrie, comme les voleurs, les fraudeurs, les escrocs, les recéleurs, les filles publiques et leurs amants, ils forment un total de 3 o, O 72, chiffre formidable, qui, ajouté à celui de 33, Ooo, fait monter à plus de soixante-trois mille individus de tout âge et de tout sexe cette armée du mal que Paris contient et alimente. Parlerons-nous des repaires où se vautre la population des malfaiteurs que la police connaît sans avoir des motifs suffisants pour les saisir ? Au cœur de la capitale du monde civilisé, dans des quartiers infects, dans des rues pleines de sanglants mystères, il est des demeures où l'on vend pour deux sous le repos de la nuit.

L'auteur du livre sur les classes dangereuses dit, -Tier, P 52, -que le nombre des garnis les plus infimes s'élevait, en I 836, à 243 ; qu'ils contenaient ensemble une population de 6, Ooo locataires, dans laquelle entraient pour un tiers des femmes se livrant à la prostitution ou au vol. Là, en effet, viennent s'entasser, dans un abominable pêle-mêle, les lépreux de notre monde moral, et, perdues dans leur foule hideuse, quelques pauvres créatures auxquelles l'excès de la misère tient lieu de vice ! Là se passent des scènes à faire frémir. Les visages qu'on y rencontre n'ont rien que de farouche et de bestial. La langue qu'on y parle est une langue funeste, inventée pour couvrir la pensée. On y exagère jusqu'à l'orgie, et il arrive chaque jour aux habitués de mêler le sang de leurs querelles au vin bleu où leur abrutissement se ravive et s'épuise. Aussi est-ce de là que sortent quelquefois ceux qui, au travers de la société qu'ils remplissent d'horreur et d'épouvante, font route vers le bagne ou vers l'échafaud. Et, ce qu'il y a d'affreux à dire, c'est que beaucoup de malfaiteurs occupent à Paris une sorte de position officielle. La police les connait, elle a leur nom et leur adresse, elle tient registre de leur corruption ; elle les suit pas à pas, pour parvenir à les prendre en flagrant délit. Eux, de leur côté, ils marchent la tête haute, tant qu'il n'y a pas preuve juridique de leurs excès, et ils se tiennent audacieusement à l'affût de l'occasion. De sorte que la répression et le mal constituent, au sein de notre société, deux puissances ennemies qui se fortifient à loisir, s'observent continuellement et avec scandale, se mesurent des yeux, luttent de ruse, et nous condamnent à assister sans fin ni trève aux péripéties de leur combat éternel.

C'est peu. Longtemps le crime ne se rapporta qu'à des inspirations brutales, solitaires, personnelles : aujourd'hui, les meurtriers et les voleurs s'enrégimentent ; ils obéissent à des règles disciplinaires ; ils se sont donné un code, une morale ; ils agissent par bandes, et en vertu de combinaisons savantes. La cour d'assises, dans ces derniers temps, a fait successivement passer sous nos yeux, et la bande Charpentier, qui avait déclaré la guerre aux fortunes moyennes ; et la bande Courvoisier, qui avait systématisé le pillage du faubourg Saint-Germain ; et la bande Gauthier Pérez, qui s'attaquait à l'épargne des ouvriers ; et les bandes des auvergnats, des endormeurs, des étrangleurs . La force, qu'on refuse d'admettre dans le domaine du travail, passe dans le camp du crime. De fort honnêtes gens affirment qu'on ne peut avec ensemble produire devant des scélérats qui mettent de l'ensemble dans leurs égorgements. Et, en attendant qu'on se décide à organiser l'association des travailleurs, nous voyons s'organiser celle des assassins. Un tel désordre est intolérable : il y faut un terme. Mais si les résultats nous glacent d'effroi, c'est bien le moins que nous prenions la peine de remonter aux causes. à proprement parler, il n'y en a qu'une, et elle se nomme la misère. Car, que des hommes naissent nécessairement pervers, nous ne l'oserions prétendre, de peur de blasphémer Dieu. Il nous plaît davantage de croire que l'œuvre de Dieu est bonne, qu'elle est sainte. Ne soyons pas impies, pour nous absoudre de l'avoir gâtée. Si la liberté humaine existe dans la rigoureuse acception du mot, de grands philosophes l'ont mis en doute : toujours est-il que chez le pauvre elle se trouve étrangement modifiée et comprimée. Je connais une tyrannie bien plus inexorable, bien plus difficile à éluder ou à secouer que celle d'un Tibère et d'un Néron, c'est la tyrannie des choses.

Elle naît d'un ordre social corrompu ; elle se compose de l'ignorance, de l'indigence, de l'abandon, des mauvais exemples, des douleurs de l'ame qui attendent en vain un consolateur, des souffrances du corps qui ne trouvent pas de soulagement ; elle a pour victime quiconque est en peine de sa nourriture, de son vêtement et de son gîte, dans un pays qui a des moissons abondantes, des magasins encombrés d'étoffes précieuses et des palais vides. Voici un malheureux qui a pris naissance dans la boue de nos villes. Aucune notion de morale ne lui a été donnée. Il a grandi au milieu des enseignements et des images du vice. Son intelligence est restée dans les ténèbres. La faim lui a soufflé ses ordinaires tentations. La main d'un ami n'a jamais pressé sa main. Pas de voix douce qui ait éveillé dans son cœur flétri les échos de la tendresse et de l'amour. Maintenant, s'il devient coupable, criez à votre justice d'intervenir : notre sécurité l'exige ! Mais n'oubliez pas que votre ordre social n'a pas étendu sur cet infortuné la protection due à ses douleurs. N'oubliez pas que son libre arbitre a été perverti dès le berceau ; qu'une fatalité écrasante et injuste a pesé sur son vouloir ; qu'il a eu faim ; qu'il a eu froid ; qu'il n'a pas su, qu'il n'a pas appris la bonté..., bien qu'il soit votre frère, et que votre Dieu soit aussi celui des pauvres, des faibles, des ignorants, de toutes les créatures souffrantes et immortelles. Quand on livre, aujourd'hui, un homme au bourreau, si vous demandez pourquoi ? On répond : " parce que cet homme a commis un crime. " et si vous demandez ensuite pourquoi cet homme a commis un crime, on ne répond rien ! Il y a peu de jours, le 4 novembrei 844, je lisais la gazette des tribunaux : elle contenait, sur un meurtre récemment commis, des détails d'une signification poignante :

" le I 2 juillet dernier, porte l'acte d'accusation, dressé par M le procureur général Hébert, Chevreuil se présenta au poste du conservatoire des arts et métiers, s'accusant d'avoir tué sa femme, et donnant aussitôt les détails du crime dont il se déclarait coupable ; il fit connaître que sa victime, nommée Cœlina-Annette Bronn, était une concubine avec laquelle il vivait depuis un mois ; que, malheureux et fatigués de la vie que la misère leur rendait désormais insupportable, ils avaient d'un commun accord résolu de mourir ensemble ; que pour arriver à l'exécution de ce funeste projet, ils avaient bu de l'eau-de-vie, fermé et calfeutré la fenêtre de leur chambre, et préparé le charbon qui devait les asphyxier. La fille Cœlina Bronn s'était mise au lit : " nous allons bientôt mourir ! Lui aurait dit Chevreuil. -oui, oui, " aurait-elle répondu, en balbutiant ces mots : " pas encore, attends ! " ces paroles furent suivies d'attaques de nerfs, que l'accusé dit avoir calmées avec un verre d'eau sucrée. La fille Bronn, un peu remise, reprit : " tu vas mourir, mon bon Julien, tu as allumé le charbon, endormons-nous. " elle s'endormit en effet. Cependant le charbon n'était pas allumé ; à en croire l'accusé, il avait craint que, dans ses attaques, la fille Bronn ne tombât sur le brasier et ne se brûlât. C'est dans cet instant, dit-il, qu'il conçut la pensée d'étouffer cette malheureuse, et qu'ayant de nouveau bu de l'eau-de-vie pour s'enhardir, il fit fondre de la poix, l'étendit sur une toile, et l'appliqua sur le visage, de façon que la bouche et les narines fussent entièrement couvertes. Annette Bronn mourut en peu d'instants ; Chevreuil prétend qu'il n'a plus eu le courage d'allumer le charbon, ni de se donner la mort d'une autre manière ; mais qu'il s'est hâté de descendre au poste pour se livrer à la justice. " cette pauvre fille que son amant vient d'étouffer sous un masque de poix n'était pas une nature vulgaire, s'il en faut juger par les circonstances du procès.

" je vais te conter de mes idées, disait-elle un jour à son amant. étant plus jeune, je travaillais à St-Maur ; et, le soir, quand il faisait beau, je m'en allais seule dans les champs, près de la voute St-Maur, dans un lieu charmant, où j'étais entourée de verdure et de fleurs. J'y ai pleuré bien des fois, pour des chimères que je me créais. Une pièce intitulée kettli, que j'avais vue au gymnase, m'avait troublée. Il y a dans cette pièce une femme qui aime bien ; et moi, dans ma solitude, j'aimais, comme cette femme, un être surnaturel que je ne connaissais pas, que je ne voyais même pas. Je lui parlais, cependant ; je croyais le voir près de moi ; il dormait à mes côtés. Puis, j'allais chercher des fleurs, que je répandais autour de lui, et je disais bien bas : il est là, il m'est fidèle ! Oh oui, j'aimais bien, et je pleurais ; et j'étais heureuse par ces idées que je me faisais, car j'allais dans cet endroit là tous les jours. " quelle profondeur de sentiment ! Que d'idéal ! Quel touchant mélange de passion et de rêverie ! Quel fonds de douce tristesse ! Mais Cœlina Bronn était vouée à la misère : sonâmes'y est bientôt avilie et consumée. Elle a cherché dans l'ivresse de honteux étourdissements, un fatal délire ; et enfin, trouvant la vie trop pesante, elle a dit à son amant : " tu vas mourir, mon bon Julien ? Endormons-nous ! " ainsi, comme pour varier ses funèbres leçons, la misère se montre à nous sous les aspects les plus divers : navrante chez les uns, menaçante et hideuse chez les autres ; tantôt précédant le suicide, tantôt conseillant le meurtre. En faut-il davantage pour que les gouvernements se décident enfin à étudier les remèdes possibles ?

Il y a un mois à peine, M Boucly, procureur du roi, reconnaissait dans son discours de rentrée, que l'ordre social actuel présente des plaies sans nom ; que la discorde y veille au seuil des familles, toujours prête à les envahir ; qu'on y tient école ouverte de cupidité ou d'avarice ; qu'on y marche continuellement entre les fourneaux allumés des recéleurs et les poignards des rôdeurs de nuit ; que c'est à Paris, foyer de la civilisation moderne, centre de nos sciences et de nos arts, que le crime fait de préférence élection de domicile ; que c'est des flancs mystérieux et redoutables de Paris que s'échappent les Lacenaire et les Poulmann, scélérats systématiques, exécrables héros d'un monde inconnu ; que sous cette couche de richesse, d'élégance, de bon ton, de folle gaîté, il se déroule des drames à faire dresser les cheveux sur la tête ; qu'à quelques pas de nous, il y a de fabuleux déréglements, des prodiges de débauche, d'invraisemblables raffinements d'infamie, des enfants tués à petit feu par leurs mères ! Oui, voilà ce que les agents les plus graves du pouvoir sont forcés de reconnaître. Et la seule conclusion qu'ils en tirent, c'est qu'il est urgent de multiplier, d'aiguiser les glaives de la justice ! Et ils n'ont pas un mot à dire sur la nécessité de tarir la source de tant de forfaits et d'horreurs ! Cependant, mieux vaudrait, ce semble, prévenir que réprimer. Il résulte de renseignements pris par M Léon Faucher que le nombre des individus arrêtés et interrogés au petit parquet de la Seine était : en I 832, de 9, O 47, et en I 842, de Ii, 574. Ce qui représente, de I 832 ài 842, -et pour parler le langage exquis de notre époque-un accroissement dans le mal de 28 pioo. Pourtant, la ville de Paris est protégée par une garde nationale nombreuse, par I 5, Ooo hommes de garnison, par 3, Ooo gardes municipaux, par 83 o sapeurs-pompiers, par des nuées de commissaires, d'inspecteurs, de sergents de ville, d'agents secrets ; et l'on ne cesse d'ajouter aux ressources de la force publique. Mais la répression a beau grandir, le mal grandit plus vite encore.

Attendrons-nous qu'il devienne invincible, qu'il nous étreigne, qu'il nous étouffe ? Donc, s'il y a ici une question de charité, en ce qui concerne le pauvre, il y a une question de sécurité, en ce qui concerne le riche. Tyrannie infatigable pour l'un, la concurrence, mère de la pauvreté, est pour l'autre une perpétuelle menace. Personne n'ignore que la plupart des malfaiteurs sortent des grands centres d'industrie, et que les départements manufacturiers fournissent aux cours d'assises un nombre d'accusés double de celui que donnent les départements agricoles : ce seul rapprochement dit assez ce qu'on doit penser de l'organisation actuelle du travail, des conditions qui lui sont imposées et des lois qui le régissent. Après cela, imaginez quelque beau système pénitentiaire, ô philanthropes ! Quand vous aurez fait de la peine un moyen d'éducation pour le criminel, la misère qui l'attend au sortir de vos prisons l'y repoussera sans pitié. Médecins clairvoyants, laissez, croyez-moi, ce pestiféré dans son hôpital : en le rendant à la liberté, vous le rendez à la peste. Aussi bien, le contact du scélérat incorrigible est mortel pour l'homme faible qui serait susceptible de guérison, le vice ayant comme la vertu sa contagion et son point d'honneur. C'est ce qui a été amèrement compris par nos hommes d'état, et c'est ce qui a donné naissance à la loi sur les prisons, telle qu'en mai I 844 la chambre des députés l'a votée. Cette loi a pour but d'éviter les dangers du pêle-mêle immonde qui rive, dans les prisons, les novices du crime à ceux qui en ont depuis longtemps contracté la gangrène. Cette loi introduit en France, non pas même le système d'Auburn, qui consacre l'isolement de nuit, mais le système de Philadelphie, qui consacre l'isolement de nuit et de jour. De sorte que pour sauver la société des fureurs du coupable que les prisons lui renvoient plus perverti, plus hideusement expérimenté, plus terrible, il a fallu en venir au système cellulaire, lequel n'est autre chose que l'ensevelissement avec la durée : peine effroyable qui aboutit à l'hébêtement, au suicide ou à la folie ! à Rome, quand une vestale avait succombé à l'amour, on l'enterrait vive, et l'on plaçait à côté d'elle une cruche d'eau et un pain ; mais, ainsi que nous le disait un jour l'illustre Lamennais, à Rome on avait l'humanité de ne pas renouveler le pain de la vestale ensevelie, de ne pas renouveler sa cruche d'eau.

Dans la patrie du système qui vient de nous envahir, l'état de Rhode-Island a renoncé à l'emprisonnement solitaire depuis le Ierjanvieri 843, parce que sur 37 individus, 6 étaient devenus fous. " la solitude, dit Silvio Pellico, est un si cruel tourment, que je ne résisterai jamais au besoin de tirer quelques paroles de mon cœur et d'inviter mon voisin à me répondre. Et s'il se taisait, je parlerais aux barreaux de ma fenêtre, aux collines qui sont en face, aux oiseaux qui volent. " non, rien n'est comparable à la cruauté de l'emprisonnement cellulaire. Une fois plongé vivant dans ce tombeau qu'on appelle une cellule, le condamné ne tient plus à l'humanité que par son désespoir. Pas de témoins pour son martyre, d'écho pour ses gémissements. Sa solitude, quatre murs glacés la contiennent et la resserrent. Tout lui manque à la fois : la vue des hommes et le spectacle des vastes cieux, les bruits de la terre et les harmonies de la nature. L'éternité du silence pèse sur lui. L'oubli l'enveloppe. Il respire et s'agite dans la mort. Que la loi récemment votée ait adouci ce qu'aurait de barbare la logique d'un semblable châtiment, nous sommes heureux de le reconnaître, et nous bénissons du fond de l'ame les dispositions qui ménagent au condamné l'espérance de voir passer quelquefois devant lui un visage humain. Et cependant, combien est dure la loi, même ainsi conçue ! Mais nos législateurs ont eu foi, chose inconcevable ! Dans le caractère moralisateur de l'emprisonnement cellulaire, et c'est ce qui, à leurs yeux, en a masqué l'horreur. Ils ont cru, par un aveuglement dont il y a peu d'exemples, que l'homme pouvait s'élever au sentiment de ses devoirs envers ses semblables, à force de vivre séparé d'eux ; qu'il était possible de réformer et d'éclairer les instincts de la sociabilité dans le coupable, en les refoulant avec violence, en les atrophiant par le défaut d'exercice et l'inertie de la volonté ; qu'en un mot, pour relever l'être déchu, il n'y avait qu'à le mettre en tête à tête avec ses crimes !

C'en est assez sur ce sujet : il demanderait à être approfondi, et nous l'avons abordé uniquement pour montrer que, dans un ordre social mauvais par la base, tout système pénitentiaire aura des inconvénients immenses, inévitables. Le meilleur, celui qui moraliserait en effet le condamné au lieu de le torturer, serait lui-même un danger manifeste et un scandale. Car, de quel droit laisserait-on de pauvres enfants sucer le venin du vice dans la misère, à deux pas du pénitencier où l'on s'évertuerait à catéchiser des scélérats en cheveux blancs ? Et ne serait-ce pas le comble de l'imprudence que de convier l'homme abandonné, ignorant, abruti, affamé, désespéré, à chercher dans un crime ses titres au patronage social, et à se frayer la route de l'éducation à coups de poignard ? Concluons de là qu'il n'est qu'un système pénitentiaire qui soit efficace et raisonnable : une saine organisation du travail. Nous avons au milieu de nous une grande école de perversité incessamment ouverte, et qu'il est urgent de fermer : c'est la misère. Tant qu'on ne se sera point attaqué au principe du mal, on s'épuisera en efforts stériles contre la fatalité des conséquences. Voilé sans être détruit, le mal germera, il grandira sous les apparences du bien, mélant une déception à chaque progrès, et sous chaque bienfait cachant un piége. On sait si l'institution de la caisse-d'épargne a manqué de panégyristes et d'admirateurs. Des publicistes sincères y ont vu pour le peuple un moyen de s'affranchir en s'élevant peu à peu à la richesse par la prévoyance : illusion profonde, dans une société qui mesure au peuple, d'une main si avare, non pas seulement le plaisir, mais la vie ! Le salaire des ouvriers ne suffit pas toujours à leur existence : comment suffirait-t-il à leurs économies ?

La maladie, le chômage, attendent pour l'absorber le petit pécule des moins malheureux : comment ce pécule servirait-il à composer le capital du futur affranchissement des prolétaires ? Aussi la caisse-d'épargne n'est-elle alimentée qu'en partie par les bénéfices du travail honnête. Recéleuse aveugle et autorisée d'une foule de profits illégitimes, elle accueille, après les avoir à son insu encouragés, tous ceux qui se présentent, depuis le domestique qui a volé son maître, jusqu'à la courtisane qui a vendu sa beauté. On conseille au prolétaire d'amasser pour l'avenir : c'est lui dire de transiger avec la faim, d'étouffer en lui le germe impérissable du désir d'ajouter par sa volonté aux misères de sa condition. Et pourquoi ? Pour arriver à la possession d'un mince capital, proie réservée à la concurrence, après dix ans de privations et d'angoisses, quand le cœur vieilli ne bat plus pour le bonheur, quand l'homme a passé l'âge des fleurs et du soleil. Mais la question a une portée plus haute. Il n'est pas sans danger dans une civilisation fausse et inique, de placer le peuple sous la dépendance de qui le gouverne. Lié par un intérêt étroit et factice au maintien des oppressions qui pèsent sur lui, ne pourrait-il pas se trouver enchaîné à son sort par la crainte de voir s'engloutir dans les hasards d'un changement social les quelques oboles, si douloureusement amassées. Et que n'oserait point contre les hommes du peuple un pouvoir devenu tyrannique, lorsqu'il disposerait de leur épargne, lorsqu'il tiendrait suspendue sur eux la menace d'une banqueroute, lorsqu'il lui serait loisible de les traîner à sa suite, esclaves de ses périls et complices des excès même dont on les rendrait victimes ? En soi, l'épargne est chose excellente : il n'y aurait à le nier qu'affectation puérile et folle.

Mais-qu'on le remarque bien-combinée avec l'individualisme, l'épargne engendre l'égoïsme, elle fait concurrence à l'aumône, elle tarit imperceptiblement dans les meilleures natures les sources de la charité, elle remplace par une satisfaction avide la sainte poésie du bienfait. Combinée avec l'association, au contraire, l'épargne acquiert un caractère respectable, une importance sacrée. N'épargner que pour soi, c'est faire acte de défiance à l'égard de ses semblables et de l'avenir ; mais épargner pour autrui en même temps que pour soi, ce serait pratiquer la grande prudence, ce serait donner à la sagesse les proportions du dévouement. Certains moralistes ont vanté dans l'institution actuelle de la caisse-d'épargne un puissant moyen de combattre le penchant des classes pauvres pour les tristes plaisirs de l'ivresse. Il nous semble que le remède est ailleurs. C'est parce que la réalité lui est trop dure, que l'ouvrier cherche si volontiers une issue vers le pays des songes. Cette coupe grossière qu'on veut, dans son intérêt, lui briser entre les mains, ce qui la lui fait aimer c'est qu'elle renferme les heures d'oubli. Combien qui ont besoin, pour supporter l'existence, d'en perdre à moitié le sentiment ! Et à qui la faute, sinon à la société, quand elle fait entre ses membres une répartition si injuste des travaux et des jouissances ? L'oisif s'enivre à force de s'ennuyer, le pauvre qui travaille s'enivre à force de souffrir. La sagesse naîtrait, pour tous, d'une convenable alternative d'exercice et de repos, de labeurs et de plaisirs. De sorte que nous sommes ramenés encore, toujours ramenés au problème fondamental : la suppression de la misère par l'anéantissement de sa cause originelle. De l'individualisme, avons-nous dit, sort la concurrence ; de la concurrence, la mobilité des salaires, leur insuffisance... arrivés à ce point, ce que nous trouvons, c'est la dissolution de la famille.

Tout mariage est un accroissement de charges : pourquoi la pauvreté s'accouplerait-elle avec la pauvreté ? Voilà donc la famille faisant place au concubinage. Des enfants naissent aux pauvres : comment les nourrir ? De là tant de malheureuses créatures trouvées mortes au coin des bornes, sur les marches de quelques églises solitaires, et jusque sous le péristyle du palais où se font les lois. Et pour que nul doute ne nous reste sur la cause des infanticides, la statistique vient encore ici nous apprendre que le chiffre des infanticides fourni par nos quatorze départements les plus industriels est à celui fourni par la France entière dans le rapport de quarante-et-un à cent vingt-et-un. Toujours les plus grands maux là où l'industrie a choisi son théâtre ! Il a bien fallu que l'état en vînt à dire à toute mère indigente : " je me charge de vos enfants. J'ouvre des hospices. " c'était trop peu. Il fallait aller plus loin et faire disparaître les obstacles qui auraient pu frapper le système d'impuissance. Les tours sont établis ; le bénéfice du mystère est accordé à la maternité qui s'abdique. Mais qui donc arrêtera les progrès du concubinage, maintenant que les séductions du plaisir sont dégagées de la crainte des charges qu'il impose ? C'est ce qu'ont crié aussitôt les moralistes. Puis sont venus les calculateurs sans entrailles, et leur plainte a été plus vive encore. " supprimez les tours, supprimez les tours, ou bien attendez-vous à voir le chiffre des enfants trouvés grossir de telle sorte, que tous nos budgets réunis ne suffiront pas à les nourrir. " de fait, la progression en France a été remarquable depuis l'établissement des tours.

Au Ierjanvieri 784, le nombre des enfants trouvés était de 4 o, ooo ; il était de Io 2, Io 3 en I 82 o ; de I 22, 98 i en I 83 i : il est à peu près aujourd'hui de I 3 o, Ooo. Le rapport des enfants trouvés à la population a presque triplé dans l'espace de quarante ans. Quelle borne poser à cette grande invasion de la misère ? Et comment échapper au fardeau toujours croissant des centimes additionnels ? Je sais bien que les chances de mortalité sont grandes dans les ateliers de la charité moderne ; je sais bien que, parmi ces enfants voués à la publique bienfaisance, il en est beaucoup que tue, au sortir du taudis natal, l'air vif de la rue ou l'épaisse atmosphère de l'hospice ; je sais qu'il en est d'autres qu'une nourriture avare consume lentement, car, sur les 9, 727 nourrices des enfants-trouvés de Paris, 6, 264 seulement ont une vache ou une chèvre ; je sais enfin qu'il en est qui, réunis chez la même nourrice, meurent du lait que leurs compagnons, nés de la débauche, ont empoisonné. Eh bien, cette mortalité même ne constitue pas, hélas ! Une économie suffisante. Et puisqu'il s'agit de centimes additionnels et de chiffres, les dépenses, de I 8 i 5 ài 83 i, se sont élevées : dans la Charente, de 45 mille 232 fr, à 92, 454 ; -dans les Landes, de 38, 88 ià 74, 553 fr ; -dans le Lot-Et-Garonne, de 66, 579 fràii 6, 9 86 ; -dans la Loire, de 5 o, O 79 à 83, 492 fr. -ainsi du reste de la France. En I 825, les conseils-généraux votent pour 5, 9 i 5, 744 fr d'allocations, et à la fin de l'année, le déficit constaté est de 23 o, 4 i 8 francs. Pour comble de malheur, le régime hygiénique des hospices s'améliore de jour en jour ! Les progrès de l'hygiène devenant une calamité ! Quel état social, grand dieu ! Que faire donc, encore une fois ? On a imaginé de réduire toute mère qui irait déposer son enfant dans l'hospice à l'humiliante obligation de prendre un commissaire de police pour confesseur.

Belle invention, vraiment ! Que peut donc gagner la société à ce que les femmes s'accoutument à ne plus rougir ! Quand toute imprudence de jeunesse aura obtenu son visa, ou que tout acte de libertinage aura pris son passavant, qu'arrivera-t-il ? Que le frein établi par la nécessité de cette confession douloureuse sera bientôt brisé par l'habitude ; que les femmes feront ainsi leur éducation d'effronterie, et qu'après avoir consacré l'oubli de la chasteté, l'autorité publique aura scellé de son sceau la violation de toutes les lois de la pudeur ! Mieux vaudrait presque supprimer les tours ; c'est ce que beaucoup osent demander. Vœu impie ! Ah ! Vous trouvez que le chiffre des centimes additionnels grossit, c'est possible ; mais nous ne voulons pas, nous, que le nombre des infanticides augmente. La charge qui pèse sur vos budgets vous épouvante ! Mais nous disons, nous, que puisque les filles du peuple ne trouvent pas dans leur salaire de quoi vivre, il est juste que ce que vous gagnez d'un côté, vous le perdiez fatalement de l'autre. Mais la famille s'en va de la sorte ? Eh ! Sans doute. Avisez donc à ce que le travail soit réorganisé. Car : avec la concurrence, l'extrême misère ; avec l'extrême misère, la dissolution de la famille. Chose singulière ! Les partisans de ce régime tremblent devant l'ombre d'une innovation, et ils ne s'aperçoivent pas que le maintien de ce régime les pousse par une pente naturelle et irrésistible à la plus audacieuse des innovations modernes, au saint-simonisme ! Un des résultats les plus hideux du système industriel que nous combattons est l'entassement des enfants dans les fabriques. " en France, lisons-nous dans une pétition adressée aux chambres par des philanthropes de Mulhouse, on admet dans les filatures de coton et dans les autres établissements industriels des enfants de tout âge ; nous y avons vu des enfants de cinq et de six ans.

Le nombre d'heures de travail est le même pour tous, grands et petits ; on ne travaille jamais moins de treize heures et demie par jour dans les filatures, sauf les cas de crise commerciale. " traversez une ville d'industrie à cinq heures du matin et regardez la population qui se presse à l'entrée des filatures ! Vous verrez de malheureux enfants, pâles, chétifs, rabougris, à l'œil terne, aux joues livides, ayant peine à respirer, marchant le dos voûté comme des vieillards. écoutez les entretiens de ces enfants : leur voix est rauque, sourde et comme voilée par les miasmes impurs qu'ils respirent dans les établissements cotonniers. " plût à dieu que cette description fût exagérée ! Mais les faits qu'elle signale s'appuient sur des observations consignées dans des pièces officielles et recueillies par des hommes graves. Les preuves, d'ailleurs, ne sont que trop convaincantes, M Charles Dupin disait dernièrement à la chambre des pairs que, sur Io, Ooo jeunes gens appelés à supporter les fatigues de la guerre, les dix départements les plus manufacturiers de France en présentaient 8, 98 o infirmes ou difformes, tandis que les départements agricoles n'en présentaient que 4, O 29. En I 837, pour avoir Ioo hommes valides, il fallut en repousser I 7 o à Rouen, I 57 à Nîmes, I 68 à Elbeuf, Ioo à Mulhouse. Et ce sont bien là les effets naturels de la concurrence. En appauvrissant outre mesure l'ouvrier, elle le force à chercher dans la paternité un supplément de salaire. Aussi, partout où la concurrence a régné, elle a rendu nécessaire l'emploi des enfants dans les manufactures. En Angleterre, par exemple, les ateliers se composent en grande partie d'enfants : le Monthly Review, cité par M D'Haussez, porte à I, O 78 le nombre des travailleurs qui, dans les manufactures de Dundée, n'ont pas atteint leur I 8 e année ; la majorité est au-dessous de I 4 ans ; une grande partie au-dessous de I 2 ; quelques-uns au-dessous de 9 ; il y en a enfin qui n'ont que 6 ou 7 ans.

Or, on peut juger d'après l'Ausland, cité par M Edelestand Duméril, des effets de cet affreux système d'impôt établi sur l'enfance : parmi 7 oo enfants des deux sexes, pris au hasard à Manchester, on a trouvé : sur les 35 o qui n'étaient pas employés dans les fabriques, 2 i malades, 88 d'une santé faible, 24 i parfaitement bien portants. Sur les 35 o qui y étaient employés, 75 malades, I 54 d'une santé faible, I 43 seulement d'une bonne santé. C'est donc un régime homicide que celui qui force les pères à exploiter leurs propres enfants. Et au point de vue moral, qu'imaginer de plus désastreux que cet accouplement des sexes dans les fabriques ? C'est l'inoculation du vice à l'enfance. Comment lire sans horreur ce que dit le docteur Cumins de ces malades de onze ans qu'il a traités dans un hôpital de maladies syphilitiques ? Et quelle conclusion tirer de ce fait qu'en Angleterre l'âge moyen dans les maisons de refuge est dix-huit ans ? M Lorain, professeur au collége Louis-Le-Grand, a composé un rapport tristement curieux sur l'état de toutes les écoles primaires du royaume. Après avoir longuement énuméré les odieuses victoires de l'industrie sur l'éducation et leur influence sur la moralité des enfants, il ajoute que la France commence à être infectée des mêmes usages qui ont pris racine en Angleterre, où il a été constaté, par un tableau du Journal Of Education, qu'en quatre jours, quatorze cent quatorze enfants avaient fréquenté quatorze boutiques de rogomistes. Et comment, sans une réorganisation du travail, arrêter ce dépérissement rapide du peuple ? Par les lois qui règlent l'emploi des enfants dans les manufactures ? C'est ce qui vient d'être tenté. Oui, telle est en France la philanthropie du législateur, que la chambre des pairs a un jour fixé à huit ans l'âge où l'enfant pourrait être dépersonnalisé par le service d'une machine.

Suivant cette loi d'amour et de charité, l'enfant de huit ans ne serait plus astreint par jour qu'à un travail de douze heures . Ceci n'est qu'un plagiat du factory's bill. Quel plagiat ! Mais, après tout, il faudra l'appliquer, cette loi : est-elle applicable ? Que répondra le législateur au malheureux père de famille qui lui dira : " j'ai des enfants de huit, de neuf ans : si vous abrégez leur travail, vous diminuez leur salaire. J'ai des enfants de six, de sept ans ; le pain me manque pour les nourrir : si vous me défendez de les employer, vous voulez donc que je les laisse mourir de faim ? " les pères ne voudront pas, s'est-on écrié. Les forcer à vouloir, est-ce possible ? Et sur quel droit, sur quel principe de justice s'appuierait cette violence faite à la pauvreté ? On ne peut sous ce régime-ci respecter l'humanité dans l'enfant sans l'outrager audacieusement dans le père. Ainsi, sans une réforme sociale, il n'y a pas ici de remède possible. Ainsi, le travail, sous l'empire du principe de concurrence, prépare à l'avenir une génération décrépite, estropiée, gangrenée, pourrie. ô riches ! Qui donc ira mourir pour vous sur la frontière ? Il vous faut des soldats, pourtant ! Mais à cet anéantissement des facultés physiques et morales des fils du pauvre vient s'ajouter l''anéantissement de leurs facultés intellectuelles. Grace aux termes impératifs de la loi, il y a bien un instituteur primaire dans chaque localité, mais les fonds nécessaires pour son entretien ont été partout votés avec une lésinerie honteuse. Ce n'est pas tout ; nous avons parcouru il n'y a pas longtemps les deux provinces les plus civilisées de France, et toutes les fois qu'il nous est arrivé de demander à un ouvrier pourquoi il n'envoyait pas ses enfants à l'école, il nous a répondu qu'il les envoyait à la fabrique.

De sorte que nous avons pu vérifier par une expérience personnelle ce qui résulte de tous les témoignages, et ce que nous avions lu dans le rapport officiel d'un membre de l'université, M Lorain, dont voici les propres expressions : " qu'une fabrique, une filature, une usine, viennent à s'ouvrir, vous pouvez fermer l'école. " qu'est-ce donc qu'un ordre social où l'industrie est prise en flagrant délit de lutte contre l'éducation ? Et quelle peut être l'importance de l'école dans un tel ordre social ? Visitez les communes : ici ce sont des forçats libérés, des vagabonds, des aventuriers, qui s'érigent en instituteurs ; là ce sont des instituteurs affamés qui quittent la chaire pour la charrue, et n'enseignent que lorsqu'ils n'ont rien de mieux à faire ; presque partout les enfants sont entassés dans des salles humides, malsaines, et même dans des écuries, où ils profitent pendant l'hiver de la chaleur que leur communique le bétail. Il est des communes où le maître d'école fait sa classe dans une salle qui lui sert à la fois de cuisine, de salle à manger et de chambre à coucher. Quand les fils du pauvre reçoivent une éducation, telle est celle qu'ils reçoivent : ce sont les plus favorisés, ceux-là. Et ces détails, encore une fois, ce sont des rapports officiels qui les donnent. à quoi songent donc les publicistes qui prétendent qu'il faut instruire le peuple, que sans cela rien n'est possible en fait d'améliorations, que c'est par là qu'il faut commencer ? La réponse est bien simple : quand le pauvre est appelé à se décider entre l'école et la fabrique, son choix ne saurait être un instant douteux. La fabrique a, pour obtenir la préférence, un moyen décisif : dans l'école on instruit l'enfant, mais dans la fabrique on le paye.

Donc, sous le régime de la concurrence, après avoir pris les fils du pauvre à quelques pas de leur berceau, on étouffe leur intelligence en même temps qu'on déprave leur cœur, en même temps qu'on détruit leur corps. Triple impiété ! Triple homicide ! Encore un peu de patience, lecteur ! Je touche au terme de cette démonstration lamentable. S'il est un fait incontestable, c'est que l'accroissement de la population est beaucoup plus rapide dans la classe pauvre que dans la classe riche. D'après la statistique de la civilisation européenne, les naissances, à Paris, ne sont que du (..) de la population dans les quartiers les plus aisés ; dans les autres, elles s'élèvent au (..) . Cette disproportion est un fait général, et M De Sismondi, dans son ouvrage sur l'économie politique, l'a très bien expliqué en l'attribuant à l'impossibilité où les journaliers se trouvent d'espérer et de prévoir. Celui-là seul peut mesurer le nombre de ses enfants à la quotité de son revenu qui se sent maître du lendemain ; mais quiconque vit au jour le jour, subit le joug d'une fatalité mystérieuse à laquelle il voue sa race, parce qu'il y a été voué lui-même. Les hospices sont là, d'ailleurs, menaçant la société d'une véritable inondation de mendiants. Quel moyen d'échapper à un tel fléau ? Encore si les pestes étaient plus fréquentes ! Ou si la paix durait moins longtemps ! Car, dans l'ordre social actuel, la destruction dispense des autres remèdes ! Mais les guerres tendent à devenir de plus en plus rares ; le choléra se fait désirer : que devenir ? Et, après un temps donné, que ferons-nous de nos pauvres ? Il est clair, cependant, que toute société où la quantité des subsistances croît moins vite que le nombre des hommes est une société penchée sur l'abîme.

Or, cette situation est celle de la France. M Rubichon, dans son livre intitulé : mécanisme social, a prouvé jusqu'à l'évidence cette effrayante vérité. Il est vrai que la pauvreté tue. D'après le docteur Villermé, sur vingt mille individus nés à la même époque, dix mille dans les départements riches, dix mille dans les départements pauvres, la mort, avant quarante ans, frappe cinquante-quatre individus sur cent dans les premiers, soixante-deux sur cent dans les seconds. à quatre-vingt-dix ans, le nombre de ceux qui vivent encore est, sur dix mille, de quatre-vingt-deux dans les départements riches, et dans les départements pauvres, de cinquante-trois seulement. Vain remède que ce remède affreux de la mortalité ! Toute proportion gardée, la misère fait naître beaucoup plus de malheureux qu'elle n'en moissonne. Encore une fois, quel parti prendre ! Les spartiates tuaient leurs esclaves. Galère fit noyer les mendiants. En France, diverses ordonnances rendues dans le cours du Xvie siècle ont porté contre eux la peine de la potence . Entre ces divers genres de châtiments équitables, on peut choisir. Pourquoi n'adopterions-nous pas les doctrines de Malthus ? Mais non, Malthus a manqué de logique : il n'a pas poussé jusqu'au bout son système. Nous en tiendrons nous aux théories du livre du meurtre, publié en Angleterre au mois de février I 839, ou bien à cet écrit de Marcus, dont notre ami Godefroi Cavaignac a rendu compte, et où l'on propose d'asphyxier tous les enfants des classes ouvrières, passé le troisième, sauf à récompenser les mères de cet acte de patriotisme ? Vous riez ? Mais le livre a été écrit sérieusement par un publiciste-philosophe ; il a été commenté, discuté par les plus graves écrivains de l'Angleterre ; il a été enfin repoussé avec indignation comme une chose atroce et pas du tout risible.

Le fait est qu'elle n'avait pas le droit de rire de ces sanguinaires folies, cette Angleterre qui s'est vue acculée par le principe de concurrence à la taxe des pauvres, autre colossale extravagance. Nous livrons à la méditation de nos lecteurs les chiffres suivants, extraits de l'ouvrage de E Bulwer : England And The English : le journalier indépendant ne peut se procurer avec son salaire que I 22 onces de nourriture par semaine, dont I 3 onces de viande. Le pauvre valide, à la charge de la paroisse, reçoit I 5 i onces de nourriture par semaine, dont 2 i onces de viande. Le criminel reçoit 239 onces de nourriture par semaine, dont 38 onces de viande. Ce qui veut dire qu'en Angleterre la condition matérielle du criminel est meilleure que celle du pauvre nourri par la paroisse, et celle du pauvre, nourri par la paroisse, meilleure que celle de l'honnête homme qui travaille. Cela est monstrueux, n'est-ce pas ? Eh bien, cela est nécessaire. L'Angleterre a des travailleurs, mais moins de travailleurs que d'habitants. Or, comme entre nourrir les pauvres et les tuer il n'y a pas de milieu, les législateurs anglais ont pris le premier de ces deux partis ; ils n'ont pas eu autant de courage que l'empereur Galère : voilà tout. Reste à savoir si les législateurs français envisagent de

sang-froid ces abominables conséquences du régime industriel qu'ils
ont emprunté à l'Angleterre ! La concurrence produit la misère : c'est
un fait prouvé par des chiffres. La misère est horriblement
prolifique : c'est un fait prouvé par des chiffres. La fécondité du
pauvre jette dans la société des malheureux qui ont besoin de
travailler et ne trouvent pas de travail : c'est un fait prouvé par des
chiffres. Arrivée là, une société n'a plus qu'à choisir entre tuer les
pauvres ou les nourrir gratuitement : atrocité ou folie.

Iii. La concurrence est une cause de ruine pour la bourgeoisie. Je
pourrais m'arrêter ici. Une société semblable à celle que je viens de
décrire est en gestation de guerre civile. C'est bien en vain que la
bourgeoisie se féliciterait de ne point porter l'anarchie dans son sein,
si l'anarchie est sous ses pieds. Mais la domination bourgeoise,
même abstraction faite de ce qui devrait lui servir de base, ne
renferme-t-elle pas en elle-même tous les éléments d'une prochaine
et inévitable dissolution ? Le bon marché, voilà le grand mot dans
lequel se résument, selon les économistes de l'école des Smith et des
Say, tous les bienfaits de la concurrence illimitée. Mais pourquoi
s'obstiner à n'envisager les résultats du bon marché que relativement
au bénéfice momentané que le consommateur en retire ? Le bon
marché ne profite à ceux qui consomment qu'en jetant parmi ceux
qui produisent les germes de la plus ruineuse anarchie. Le bon
marché, c'est la massue avec laquelle les riches producteurs écrasent
les producteurs peu aisés. Le bon marché, c'est le guet-apens dans
lequel les spéculateurs hardis font tomber les hommes laborieux. Le
bon marché, c'est l'arrêt de mort du fabricant qui ne peut faire les
avances d'une machine coûteuse que ses rivaux, plus riches, sont en
état de se procurer . Le bon marché, c'est l'exécuteur des hautes
œuvres du monopole ; c'est la pompe aspirante de la moyenne
industrie, du moyen commerce, de la moyenne propriété ; c'est, en
un mot, l'anéantissement de la bourgeoisie au profit de quelques
oligarques industriels. Serait-ce que le bon marché doive être maudit,
considéré en lui-même ? Nul n'oserait soutenir une telle absurdité.
Mais c'est le propre des mauvais principes de changer le bien en mal
et de corrompre toute chose.

Dans le système de la concurrence, le bon marché n'est qu'un bienfait provisoire et hypocrite. Il se maintient tant qu'il y a lutte : aussitôt que le plus riche a mis hors de combat tous ses rivaux, les prix remontent. La concurrence conduit au monopole : par la même raison, le bon marché conduit à l'exagération des prix. Ainsi, ce qui a été une arme de guerre parmi les producteurs, devient tôt ou tard pour les consommateurs eux-mêmes une cause de pauvreté. Que si à cette cause on ajoute toutes celles que nous avons déjà énumérées, et en première ligne l'accroissement désordonné de la population, il faudra bien reconnaître comme un fait né directement de la concurrence, l'appauvrissement de la masse des consommateurs. Mais, d'un autre côté, cette concurrence, qui tend à tarir les sources de la consommation, pousse la production à une activité dévorante. La confusion produite par l'antagonisme universel dérobe à chaque producteur la connaissance du marché. Il faut qu'il compte sur le hasard pour l'écoulement de ses produits, qu'il enfante dans les ténèbres. Pourquoi se modèrerait-il, surtout lorsqu'il lui est permis de rejeter ses pertes sur le salaire si éminemment élastique de l'ouvrier ? Il n'est pas jusqu'à ceux qui produisent à perte qui ne continuent à produire, parce qu'ils ne veulent pas laisser périr la valeur de leurs machines, de leurs outils, de leurs matières premières, de leurs constructions, de ce qui leur reste encore de clientèle, et parce que l'industrie, sous l'empire du principe de concurrence, n'étant plus qu'un jeu de hasard, le joueur ne veut pas renoncer au bénéfice possible de quelque heureux coup de dé. Donc, et nous ne saurions trop insister sur ce résultat, la concurrence force la production à s'accroître et la consommation à décroître ; donc elle va précisément contre le but de la science économique ; donc elle est tout à la fois oppression et démence.

Quand la bourgeoisie s'armait contre les vieilles puissances qui ont fini par crouler sous ses coups, elle les déclarait frappées de stupeur et de vertige. Eh bien, elle en est là aujourd'hui ; car elle ne s'aperçoit pas que tout son sang coule, et la voilà qui de ses propres mains est occupée à se déchirer les entrailles. Oui, le système actuel menace la propriété de la classe moyenne, tout en portant une cruelle atteinte à l'existence des classes pauvres. Qui n'a lu le procès auquel a donné lieu la lutte des messageries françaises contre les messageries royales associées aux messageries Laffitte et Caillard ? Quel procès ! Comme il a bien mis à nu toutes les infirmités de notre état social ! Il est passé pourtant presque inaperçu. On lui a accordé moins d'attention qu'on n'en accorde tous les jours à une partie d'échecs parlementaire. Mais ce qu'il y a eu d'étonnant, d'inconcevable dans ce procès, c'est qu'on n'ait pas su en tirer une conclusion qui se présentait tout naturellement. De quoi s'agissait-il ? Deux compagnies étaient accusées de s'être liguées pour en écraser une troisième. Là-dessus, grand bruit. La loi avait été violée, cette loi protectrice qui n'admet pas les coalitions, afin d'empêcher l'oppression du plus faible par le plus fort ! Comment ! La loi défend à celui qui a cent mille francs de se liguer avec celui qui en a cent mille contre celui qui en a tout autant, parce que ce serait consacrer l'inévitable ruine du dernier, et la même loi permet au possesseur de deux cent mille francs de lutter contre celui qui n'en a que cent mille ! Mais quelle est donc la différence du second cas au premier ? Ici et là, n'est-ce pas toujours un capital plus gros luttant contre un capital moindre ? N'est-ce pas toujours le fort luttant contre le faible ? N'est-ce pas toujours un combat odieux, par cela seul qu'il est inégal ? Un des avocats plaidant dans cette cause célèbre a dit : " il est permis à chacun de se ruiner pour ruiner autrui.

" il disait vrai dans l'état présent des choses, et on a trouvé cela tout simple. Il est permis à chacun de se ruiner pour ruiner autrui ! Que prétendent et qu'espèrent les publicistes du régime actuel, lorsqu'à demi convaincus de l'imminence du péril, ils s'écrient, comme faisaient dernièrement le constitutionnel et le courrier français : " le seul remède est d'aller jusqu'au bout dans ce système ; de détruire tout ce qui s'oppose à son entier développement ; de compléter enfin la liberté absolue de l'industrie par la liberté absolue du commerce. " quoi ! C'est là un remède ? Quoi ! Le seul moyen d'empêcher les malheurs de la guerre, c'est d'agrandir le champ de bataille ? Quoi ! Ce n'est pas assez des industries qui s'entredévorent au-dedans, il faut à cette anarchie ajouter les incalculables complications d'une subversion nouvelle ? On veut nous conduire au chaos. Nous ne saurions comprendre non plus ceux qui ont imaginé je ne sais quel mystérieux accouplement des deux principes opposés. Greffer l'association sur la concurrence est une pauvre idée : c'est remplacer les eunuques par les hermaphrodites. L'association ne constitue un progrès qu'à la condition d'être universelle. Nous avons vu, dans ces dernières années, s'établir une foule de sociétés en commandite. Qui ne sait les scandales de leur histoire ? Que ce soit un individu qui lutte contre un individu, ou une association contre une association, c'est toujours la guerre, et le règne de la violence. Qu'est-ce, d'ailleurs, que l'association des capitalistes entre eux ? Voici des travailleurs non capitalistes : qu'en faites-vous ? Vous les repoussez comme associés : est-ce que vous les voulez pour ennemis ? Dira-t-on que l'extrême concentration des propriétés mobilières est combattue, tempérée par le principe du morcellement des héritages, et que la puissance bourgeoise, si elle se décompose par l'industrie, se recompose par l'agriculture ? Erreur ! L'excessive division des propriétés territoriales doit nous ramener, si on n'y prend garde, à la reconstitution de la grande propriété.

On chercherait vainement à le nier : le morcellement du sol c'est la petite culture, c'est-à-dire la bêche substituée à la charrue, c'est-à-dire la routine substituée à la science. Le morcellement du sol éloigne de l'agriculture, et l'application des machines, et celle du capital. Sans machines, pas de progrès ; sans capital, pas de bestiaux. Et dès lors, comment les petites exploitations pourraient-elles soutenir la concurrence des grandes et n'être pas absorbées ? Ce résultat ne s'est pas produit encore, parce que la dissection du sol n'a pas encore atteint ses dernières limites. Mais patience ! En attendant, que voyons-nous ? Tout petit propriétaire est journalier. Maître chez lui pendant deux jours de la semaine, il est serf du voisin le reste du temps. Il s'approche même d'autant plus du servage qu'il ajoute davantage à sa propriété. Voici, en effet, comment les choses se passent : tel cultivateur qui ne possède en propre que quelques méchants arpents de terrain, qui lui rapportent, cultivés par lui-même, quatre pour cent tout au plus, ne craint pas, quand l'occasion s'en présente, d'arrondir sa propriété. Il le fait en empruntant à dix, quinze, vingt pour cent. Car, si le crédit manque dans les campagnes, l'usure, en revanche, n'y manque pas. On devine les suites ! Treize milliards, voilà de quelle dette la propriété foncière est chargée en France. Ce qui signifie qu'à côté de quelques financiers qui se rendent maîtres de l'industrie, s'élèvent quelques usuriers qui se rendent maîtres du sol. De sorte que la bourgeoisie marche à sa dissolution et dans les villes et dans les campagnes. Tout la menace, tout la mine, tout la ruine. Je n'ai rien dit, pour éviter les lieux communs et les vérités devenues déclamatoires à force d'être vraies, de l'effroyable pourriture morale que l'industrie, organisée ou plutôt désorganisée comme elle l'est aujourd'hui, a déposée au sein de la bourgeoisie.

Tout est devenu vénal, et la concurrence a envahi jusqu'au domaine de la pensée. Ainsi, les fabriques écrasant les métiers ; les magasins somptueux absorbant les magasins modestes ; l'artisan qui s'appartient remplacé par le journalier qui ne s'appartient pas ; l'exploitation par la charrue dominant l'exploitation par la bêche, et faisant passer le champ du pauvre sous la suzeraineté honteuse de l'usurier ; les faillites se multipliant ; l'industrie transformée par l'extension mal réglée du crédit en un jeu où le gain de la partie n'est assuré à personne, pas même au fripon ; et enfin, ce vaste désordre, si propre à éveiller dans l'âme de chacun la jalousie, la défiance, la haine, éteignant peu à peu toutes les aspirations généreuses et tarissant toutes les sources de la foi, du dévouement, de la poésie... voilà le hideux et trop véridique tableau des résultats produits par l'application du principe de concurrence. Et puisque c'est aux anglais que nous avons emprunté ce déplorable système, voyons un peu ce qu'il a fait pour la gloire et la prospérité de l'Angleterre. Iv. La concurrence condamnée par l'exemple de l'Angleterre. Le capital et le travail, ont dit les anglais, sont deux puissances naturellement ennemies : comment les forcer à vivre côte à côte et à se prêter un mutuel secours ? Il n'est qu'un moyen pour cela : que la main-d'œuvre ne fasse jamais défaut à l'ouvrier ; que le maître, de son côté, trouve dans le facile écoulement des produits de quoi rétribuer convenablement la main-d'œuvre : le problème ne sera-t-il pas résolu ? Quand la production sera devenue infiniment active, et la consommation infiniment élastique, qui donc aura le droit ou la tentation de se plaindre ? Le salaire des uns sera toujours suffisant, le bénéfice des autres toujours considérable.

Ouvrons donc à l'activité humaine les portes de l'infini, et que rien ne la gêne dans la fougue de son essor. Proclamons le laissez-faire hardiment et sans arrière-pensée. Les productions de l'Angleterre sont trop uniformes pour fournir au commerce une longue carrière ? Eh bien, nous formerons des matelots et nous construirons des navires qui nous puissent livrer le commerce du monde. Nous habitons une île ? Eh bien, nous prendrons à l'abordage tous les continents. Le nombre des matières premières qu'offre notre agriculture est trop circonscrit ? Eh bien, nous irons chercher aux extrémités de la terre des matières à manufacturer. Tous les peuples deviendront consommateurs des produits de l'Angleterre, qui travaillera pour tous les peuples. Produire, toujours produire, et solliciter par tous les moyens les autres nations à consommer, c'est à cette œuvre que s'emploiera la force de l'Angleterre ; c'est là ce qui fera sa richesse et développera le génie de ses enfants . Plan gigantesque ! Plan presque aussi égoïste qu'absurde, et que, depuis près de deux siècles, l'Angleterre a suivi avec une incroyable persévérance ! Oh ! Certes, être enfermé dans une île petite, peu féconde, brumeuse, et sortir de là un jour pour conquérir le globe, non plus avec des soldats, mais avec des marchands ; lancer des milliers de vaisseaux vers l'orient et l'occident, vers le nord et le midi ; enseigner à cent contrées la jouissance de leurs propres trésors ; vendre à l'Amérique les productions de l'Europe et à l'Europe les riches productions de l'Inde ; faire vivre toutes les nations de son existence, et en quelque sorte les attacher à sa ceinture par les innombrables liens d'un commerce universel ; trouver dans l'or une puissance capable de balancer celle du glaive, et dans Pitt un homme capable de faire hésiter l'audace de Napoléon, il y a dans tout cela un caractère de grandeur qui éblouit l'esprit et l'étonne.

Mais aussi, pour atteindre son but, que n'a point tenté l'Angleterre ! Jusqu'où n'a-t-elle pas poussé la rapacité de ses espérances et le délire de ses prétentions ! Faut-il rappeler comment elle s'est emparé d'Issequibo et de Surinam, de Ceylan et de Demerary, de Tabago et de Sainte-Lucie, de Malte et de Corfou, enveloppant le monde dans l'immense réseau de ses colonies ? On sait de quelle manière elle s'est établie à Lisbonne depuis le traité de Méthuen, et par quel abus de la force elle a élevé dans les Indes sa tyrannie marchande, à côté de la domination hollandaise, mêlée aux débris de l'édifice colonial bâti par Vasco De Gama et Albuquerque. Nul n'ignore enfin le mal que son avidité a fait à la France, et par quelle guerre de sourdes menées, d'instigations perfides, elle est parvenue à renverser dans le sang les établissements espagnols de l'Amérique méridionale. Et que dire des violences qui lui ont pendant si longtemps assuré l'empire des mers ? A-t-elle jamais respecté ou même reconnu les droits des neutres ? Le droit de blocus n'est-il pas devenu, exercé par elle, la plus arrogante des tyrannies ? Et n'a-t-elle pas fait du droit de visite le plus odieux de tous les brigandages ? Et tout cela, pourquoi ? Pour avoir, nous le répétons, des matières premières à manufacturer et des consommateurs à servir. Cette pensée a été si bien la pensée dominante de l'Angleterre depuis deux siècles, qu'on l'a vue sans cesse décourager dans ses colonies la culture des objets de subsistance, tels que le riz, le sucre, le café, tandis qu'elle donnait une impulsion fébrile à celle du coton et de la soie. Mais quoi ! Pendant qu'elle frappait de droits exorbitants et, si l'on peut ainsi parler, homicides, l'importation des subsistances, elle ouvrait presque librement ses ports à toutes les matières premières ; anomalie monstrueuse qui a fait dire à M Rubichon : " de toutes les nations du monde, la nation anglaise est celle qui a le plus travaillé et le plus jeûné.

" là devait conduire, en effet, cette économie politique sans entrailles dont Ricardo a si complaisamment posé les prémisses, et dont Malthus a tiré avec tant de sang-froid l'horrible conclusion. Cette économie politique portait en elle-même un vice qui devait la rendre fatale à l'Angleterre et au monde. Elle posait en principe que tout se borne à trouver des consommateurs ; il aurait fallu ajouter : des consommateurs qui payent. à quoi sert d'éveiller le désir si on ne fournit point la faculté de le satisfaire ? N'était-il pas aisé de prévoir qu'en substituant son activité à celle des peuples qu'elle voulait pour consommateurs, l'Angleterre finirait par les ruiner, puisqu'elle tarissait pour eux la source de toute richesse, le travail ? En se faisant peuple producteur par excellence, les anglais pouvaient-ils espérer que leurs produits trouveraient longtemps des débouchés parmi les peuples exclusivement consommateurs ? Cette espérance était évidemment insensée. Un jour devait venir où les anglais périraient d'embonpoint en faisant périr les autres d'inanition. Un jour devait venir où les peuples consommateurs ne trouveraient plus matière à échanges : d'où résulteraient pour l'Angleterre l'encombrement des marchés, la ruine de nombreuses manufactures, la misère d'une foule d'ouvriers et l'ébranlement universel du crédit. Pour savoir jusqu'où peut aller l'imprévoyance, la folie de la production, on n'a qu'à interroger l'histoire industrielle et commerciale de l'Angleterre. Tantôt ce sont des négociants anglais apportant au Brésil, où l'on n'a jamais vu de glace, des cargaisons de patins ; tantôt c'est Manchester envoyant, dans une seule semaine, à Rio-Janeiro, plus de marchandises qu'on n'y en avait consommé pendant les vingt dernières années.

Toujours la production exagérant ses ressources, épuisant son énergie, sans tenir compte des moyens possibles de consommation ! Mais, encore une fois, amener une nation à se décharger sur autrui du soin de mettre en œuvre les éléments de travail qu'elle possède, c'est lui enlever peu à peu son capital, c'est l'appauvrir ; c'est la rendre par conséquent de plus en plus impropre à la consommation, puisqu'on ne consomme que ce qu'on est en état de payer. L'appauvrissement général des peuples dont elle avait besoin pour consommer ses produits, voilà le cercle vicieux dans lequel l'Angleterre tourne depuis deux siècles ; voilà le vice, le vice profond, irrémédiable, de son système. Ainsi / et nous insistons sur ce point de vue, parce qu'il est de la plus haute importance /, elle s'est placée dans cette situation étrange, et presque unique dans l'histoire, de trouver deux causes de ruine également actives et dans le travail des peuples et dans leur inertie : dans leur travail, qui lui crée des concurrents qu'elle ne saurait toujours vaincre ; dans leur inertie, qui lui enlève des consommateurs dont elle ne saurait se passer. C'est ce qui est arrivé déjà sur une petite échelle, et doit inévitablement arriver sur une échelle plus grande. Que de pertes l'Angleterre n'a-t-elle pas éprouvées par ce seul fait que ses produits'étaient accrus dans une proportion que n'avaient pu atteindre les objets contre lesquels ils devaient s'échanger ? Combien de fois l'Angleterre n'a-t-elle pas produit d'après des prévisions dont l'événement est venu cruellement châtier l'extravagance ? On n'a pu oublier de sitôt la grande crise qui servit de dénoûment aux intrigues des anglais dans les contrées qui s'étendent du Mexique au Paraguay. à peine la nouvelle était-elle arrivée en Angleterre que l'Amérique méridionale présentait un champ libre aux aventuriers de l'industrie, qu'aussitôt tous les cœurs battirent de joie et toutes les têtes s'exaltèrent.

Ce fut un délire universel. Jamais la production n'avait eu en Angleterre un tel accès de frénésie. à entendre les spéculateurs, il ne s'agissait que de quelques jours et de quelques vaisseaux pour transporter dans la Grande-Bretagne les immenses trésors que renfermait l'Amérique. La confiance était si grande, que les banques se hâtèrent de battre monnaie avec les espérances du premier venu. Et de ce grand mouvement que résulta-t-il ? On avait calculé sur tout, excepté sur l'existence des objets d'échange et la facilité de leur transmission. L'Amérique garda son or, qu'on ne put extraire de ses mines ; le pays, qui avait été mis à feu et à sang, n'eut à donner, en échange des marchandises qu'on lui apportait, ni son coton, ni son indigo. Ce que cette grande mystification coûta aux anglais de millions et de larmes, les anglais le savent, et l'Europe aussi ! Et qu'on ne dise pas que nous concluons de l'exception à la règle. Le vice que nous avons signalé a enfanté tous les maux qu'il portait en lui. Car, tandis que l'Angleterre, au dehors, s'épuisait en efforts à peine croyables pour rendre l'univers entier tributaire de son industrie, quel spectacle son histoire intérieure offrait-elle à l'observateur attentif ? Les ateliers succédant aux ateliers ; l'invention du lendemain succédant à l'invention de la veille ; les fourneaux du nord ruinés par ceux de l'ouest ; la population ouvrière s'accroissant hors de toute mesure sous les mille excitations de la concurrence illimitée ; le nombre des bœufs, qui servent à la nourriture de l'homme, restant bien loin de celui des chevaux, que l'homme est obligé de nourrir ; le pain de l'aumône remplaçant peu à peu celui du travail ; la taxe des pauvres introduite et faisant pulluler la pauvreté ; l'Angleterre, enfin, présentant au monde surpris et indigné le spectacle de l'extrême misère couvée sous l'aile de l'extrême opulence : tels sont les résultats que devait donner la politique qui était partie de ce principe d'égoïsme national : il faut que l'Angleterre cherche partout et à tout prix des consommateurs.

Et pour les obtenir, ces désastreux résultats, combien n'a-t-il pas fallu que l'Angleterre commît d'injustices, encourageât de trahisons, semât de discordes, fomentât de guerres, salariât de coalitions iniques et combattît de glorieuses idées ! Mais je n'irai pas plus loin, je n'achèverai pas cette histoire lugubre, afin que personne ne m'accuse d'avoir voulu insulter à cette forte et vieille race des anglais. Non, je ne veux ni ne puis oublier, malgré tout le mal qu'elle a fait au monde et à mon pays, que l'Angleterre peut, elle aussi, réclamer dans l'histoire des peuples quelques pages immortelles ; que l'Angleterre a été visitée par la liberté avant tous les peuples de l'Europe ; que ses lois, même sous le joug d'une aristocratie écrasante, ont rendu à la dignité humaine d'étonnants et solennels hommages ; que c'est de son sein qu'est sorti le cri le plus sauvage, mais le plus puissant, qui se soit élevé contre la tyrannie du papisme unie à celle de l'inquisition ; qu'aujourd'hui même, c'est la seule contrée que les fureurs de la politique n'aient point rendue inhospitalière, et mortelle pour les faibles. Car enfin, c'est là que vous avez trouvé asile, ô pauvres et nobles proscrits, athlètes invaincus mais blessés ; c'est là que vous avez rassemblé les débris de notre fortune ; c'est là que vous avez joui de votre part de la vie de l'intelligence et du cœur, seul bien que vous ait laissé, dans votre grand désastre, la colère de vos ennemis ; et c'est de là aussi que vous nous suiviez de la pensée, nous, presqu'aussi malheureux, presqu'aussi exilés que vous ; puisque nous avons pu un moment chercher autour de nous notre patrie, vivant pourtant au milieu d'elle, mais la voyant, hélas ! Si abaissée, que nous ne pouvions plus la reconnaître ! L'expiation, du reste, a été complète pour l'Angleterre.

Il est, a dit un moderne publiciste, il est un code pénal pour les peuples comme pour les individus. Cette vérité a été bien douloureusement prouvée par l'histoire de l'Angleterre. Où en est aujourd'hui sa puissance ? L'empire de la mer lui échappe. Ses possessions indiennes sont menacées. Naguère encore, des lords anglais tenaient presque l'étrier du vainqueur de Toulouse, qu'ils n'osaient plus appeler un vaincu de Waterloo ! Et cette aristocratie anglaise, la plus robuste, la plus splendide aristocratie du monde, qu'est-elle devenue ? Cherchons bien ses chefs. Est-ce Lord Lyndhurst, ce fils d'un peintre obscur ? Ou Sir Robert Peel, ce fils d'un fabricant de coton créé baronnet par Pitt ? Ou Lord Wellington, ce caduc représentant de la race irlandaise des Wellesley ? Voilà les chefs de l'aristocratie anglaise ; voilà ceux qui la guident, la gouvernent, la personnifient. Et ces hommes ne sont pas du même sang qu'elle ! Un jour, le marquis de Westminster s'écriait dans la chambre des lords : " on a dit que nous pourrions faire le sacrifice du cinquième de nos revenus, nous possesseurs du sol de la Grande-Bretagne. Ceux qui ont dit cela ignorent-ils que les quatre autres cinquièmes appartiennent à nos créanciers ? " l'exagération de ces paroles est manifeste. Il est malheureusement trop vrai que l'inaliénabilité des fiefs, en Angleterre, met à l'abri de toute poursuite la majeure partie des revenus de la noblesse, et ces revenus sont immenses. Si, comme cela paraît certain, ils s'élèvent à cent trente-cinq millions pour les cinq cents familles des pairs d'Angleterre, et à un milliard trois cent millions pour les quatre cent mille personnes dont se composent les familles des baronnets, des chevaliers, la gentilhommerie enfin, il faut avouer que la noblesse britannique a pris une assez belle part des dépouilles du globe ! Mais on a vu quelle grande menace est suspendue sur le commerce anglais.

Or, l'aristocratie se trouve commanditaire de toutes les industries, et l'on peut prédire que son châtiment matériel ne tardera pas à commencer. Quant à son châtiment moral, il ne pouvait être plus cruel. Les richesses de tous ces grands seigneurs les livrent en proie à je ne sais quelle vague mélancolie, maladie que Dieu envoie aux grands de la terre pour les courber, eux aussi, sous le niveau de la douleur, la douleur, cette imposante et terrible leçon d'égalité ! Que trouvent-ils en effet, au milieu de leurs jouissances, ces lords orgueilleux ? Ils y trouvent l'amertume de la pensée et l'inquiétude éternelle du cœur. Alors il faut bien qu'ils fuient les brouillards de leur île, et qu'ils s'en aillent semer leur or dans tous les lieux du monde où ils l'ont dérobé, et où on les voit traîner le fardeau de leur opulence ennuyée. Maintenant il s'agit de savoir si la France bourgeoise veut recommencer l'Angleterre. Il s'agit de savoir si, pour trouver à sa puissance industrielle des aliments toujours nouveaux, elle veut remplacer sur l'océan l'odieuse domination du pavillon de Saint-Georges. Car c'est là qu'aboutit irrésistiblement, pour un grand peuple, la logique de la concurrence. Mais l'Angleterre ne se laissera pas enlever sans combat le sceptre des mers ! V. La concurrence aboutit nécessairement à une guerre à mort entre la France et l'Angleterre. Pour qu'entre deux peuples une alliance soit naturelle, il faut qu'ils apportent l'un et l'autre dans le contrat des avantages réciproques ; il faut donc qu'ils aient des ressources non communes, qu'ils diffèrent par leur constitution, par leur but. La France et l'Angleterre sont deux puissances qui demandent à vivre de la vie du dehors, à se répandre ; de là un premier obstacle à toute alliance durable.

Lorsque devant Rome, qui s'étendait par la guerre, Carthage voulut s'étendre par le commerce, Rome et Carthage finirent par se rencontrer à travers le monde et s'entre-choquer. Entre la France et l'Angleterre un conflit est inévitable, parce que la constitution économique des deux pays est aujourd'hui la même, et en fait deux nations essentiellement maritimes. Le principe qui domine notre ordre social n'est-il pas celui de la concurrence illimitée ? La concurrence illimitée n'a-t-elle point pour corollaire une production qui s'accroît sans cesse et à l'aventure ? Pour trouver à une production dont l'essor est si impétueux et si déréglé des débouchés toujours nouveaux, ne faut-il pas conquérir industriellement le monde et commander aux mers ? Le jour où nous avons détruit les jurandes et les maîtrises, ce jour-là la question s'est trouvée tout naturellement posée de la sorte : il y a une nation de trop dans le monde ; il faut ou que la France change son état social, ou que l'Angleterre soit rayée de la carte. Ce jour-là, en effet, d'étranges complications s'ajoutèrent à cette longue rivalité qui, au quinzième siècle, amenait un duc de Bedford à Paris et faisait fuir Charles Vii à Bourges. En 1789, la France adopta toutes les traditions de l'économie politique anglaise ; elle devint un peuple industriel à la manière du peuple anglais. Lancée sur la pente rapide de la concurrence, elle s'imposa la nécessité d'aller partout établir des comptoirs, d'avoir des agents dans tous les ports. Mais disputer l'océan à l'Angleterre, c'était vouloir lui arracher la vie. Elle l'a bien compris. De là les coalitions soldées par elle ; de là le blocus continental ; de là ce duel affreux entre Pitt et Napoléon. Mais, Pitt mort, Napoléon lentement assassiné, il fallait bien que la lutte recommençât.

Il n'y aurait eu qu'un moyen de l'éviter : c'eût été de faire de la France une nation essentiellement agricole, l'Angleterre restant une nation industrielle. Voilà ce dont nos hommes d'état ne se sont pas même douté, et lorsque M Thiers disait dernièrement à la tribune : " il faut que la France se contente d'être la première des nations continentales, " M Thiers prononçait un mot dont il ignorait certainement la portée. Car si on lui avait crié : " vous voulez donc changer les bases de notre ordre social ? " qu'aurait-il répondu ? Non, il ne pouvait y avoir place à la fois sur la mer, si vaste qu'elle soit, pour la France et pour l'Angleterre, régies par les mêmes lois économiques et animées par conséquent du même esprit. Cherchant l'une et l'autre à se répandre au dehors, et ne pouvant vivre qu'à cette condition, comment ne se seraient-elles pas à tout instant rencontrées et choquées ? Là est le nœud de la question. Aussi le motif pour lequel l'Angleterre a exclu la France du dernier traité est-il un motif tout commercial. Sur ce point, nul doute possible. Rien de plus clair que le langage du globe, journal de Lord Palmerston. D'après ce journal, si Lord Palmerston a voulu courir tous les risques d'une rupture avec la France ; s'il a poussé le cabinet de Saint-James à profiter contre Méhémet-Ali des révoltes qui ont éclaté en Syrie, c'est qu'il a vu combien il importait à l'Angleterre de faire subir à ce pays son protectorat mercantile. Le plan de Lord Palmerston est bien simple : il regarde la Syrie comme la clef de l'orient ; il veut mettre cette clef dans les mains de l'Angleterre. on ferait avec le divan un arrangement aux termes duquel les pachas ou vice-rois de Syrie agiraient en tout d'après les vues des représentants du gouvernement britannique.

le ministre anglais, comme on voit, ne fait pas mystère de ses desseins. Ouvrir aux navires anglais trois routes qui les conduisent dans l'Inde : la première par la mer Rouge, la seconde par la Syrie et l'Euphrate, la troisième par la Syrie, la Perse et le Belouchistan ; tel est le résumé des espérances de l'Angleterre. On conçoit que pour les réaliser elle consente à livrer Constantinople aux russes. Ces trois routes vers l'Inde une fois ouvertes, elles se couvriraient de marchés, dit ingénument le globe . Ainsi l'Angleterre d'aujourd'hui, c'est toujours la vieille Angleterre ! Aujourd'hui comme hier, comme toujours, il faut que cette race indomptable dans sa cupidité cherche et trouve des consommateurs. L'Angleterre a des articles de laine et de coton qui appellent des débouchés ? Vite, que l'orient soit conquis, afin que l'Angleterre soit chargée d'habiller l'orient. Humilier la France ? Il s'agit pour l'Angleterre de bien autre chose, vraiment ! Il s'agit pour elle de vivre ; et elle ne le peut, ainsi le veut sa constitution économique, qu'à la condition d'asservir le monde par ses marchands. Mais ce qui est pour l'Angleterre une question de vie ou de mort, est aussi une question de vie ou de mort pour la France, si le principe de concurrence y est maintenu. Donc, la concurrence, c'est l'embrâsement nécessaire du monde. Or, que la France tire l'épée pour la liberté des peuples, tous les hommes de cœur applaudiront ; mais la doit-elle tirer pour faire revivre la tradition des excès de l'Angleterre ? Ah ! Pour arriver à la taxe des pauvres, ce n'est pas la peine de mettre l'univers au pillage ! L'ordre social actuel est mauvais : comment le changer ? Disons quel remède, selon nous, serait possible, en prévenant toutefois le lecteur que nous ne regardons que comme transitoire l'ordre social dont nous allons indiquer les bases.

Conclusion. De quelle manière on pourrait, selon nous, organiser le travail. Le gouvernement serait considéré comme le régulateur suprême de la production, et investi, pour accomplir sa tâche, d'une grande force. Cette tâche consisterait à se servir de l'arme même de la concurrence, pour faire disparaître la concurrence. Le gouvernement lèverait un emprunt, dont le produit serait affecté à la création d'ateliers sociaux dans les branches les plus importantes de l'industrie nationale. Cette création exigeant une mise de fonds considérable, le nombre des ateliers originaires serait rigoureusement circonscrit ; mais en vertu de leur organisation même, comme on le verra plus bas, ils seraient doués d'une force d'expansion immense. Le gouvernement étant considéré comme le fondateur unique des ateliers sociaux, ce serait lui qui rédigerait les statuts. Cette rédaction, délibérée et votée par la représentation nationale, aurait forme et puissance de loi. Seraient appelés à travailler dans les ateliers sociaux, jusqu'à concurrence du capital primitivement rassemblé pour l'achat des instruments de travail, tous les ouvriers qui offriraient des garanties de moralité. Comme l'éducation fausse et anti-sociale donnée à la génération actuelle ne permet pas de chercher ailleurs que dans un surcroît de rétribution un motif d'émulation et d'encouragement, la différence des salaires serait graduée sur la hiérarchie des fonctions, une éducation toute nouvelle devant sur ce point changer les idées et les mœurs. Il va sans dire que le salaire devrait, dans tous les cas, suffire largement à l'existence du travailleur. Pour la première année devant suivre l'établissement des ateliers sociaux, le gouvernement réglerait la hiérarchie des fonctions.

Après la première année, il n'en serait plus de même. Les

travailleurs ayant eu le temps de s'apprécier l'un l'autre, et tous étant également intéressés, ainsi qu'on va le voir, au succès de l'association, la hiérarchie sortirait du principe électif. On ferait tous les ans le compte du bénéfice net, dont il serait fait trois parts : l'une serait répartie par portions égales entre les membres de l'association ; l'autre serait destinée : I à l'entretien des vieillards, des malades, des infirmes ; 2 à l'allégement des crises qui pèseraient sur d'autres industries, toutes les industries se devant aide et secours ; la troisième enfin serait consacrée à fournir des instruments de travail à ceux qui voudraient faire partie de l'association, de telle sorte qu'elle pût s'étendre indéfiniment. Dans chacune de ces associations, formées pour les industries qui peuvent s'exercer en grand, pourraient être admis ceux qui appartiennent à des professions que leur nature même force à s'éparpiller et à se localiser. Si bien que chaque atelier social pourrait se composer de professions diverses, groupées autour d'une grande industrie, parties différentes d'un même tout, obéissant aux mêmes lois, et participant aux mêmes avantages. Chaque membre de l'atelier social aurait droit de disposer de son salaire à sa convenance ; mais l'évidente économie et l'incontestable excellence de la vie en commun ne tarderaient pas à faire naître de l'association des travaux la volontaire association des besoins et des plaisirs. Les capitalistes seraient appelés dans l'association et toucheraient l'intérêt du capital par eux versé, lequel intérêt leur serait garanti sur le budget ; mais ils ne participeraient aux bénéfices qu'en qualité de travailleurs. L'atelier social une fois monté d'après ces principes, on comprend de reste ce qui en résulterait.

Dans toute industrie capitale, celle des machines, par exemple, ou celle de la soie, ou celle du coton, ou celle de l'imprimerie, il y aurait un atelier social faisant concurrence à l'industrie privée. La lutte serait-elle bien longue ? Non, parce que l'atelier social aurait sur tout atelier individuel l'avantage qui résulte des économies de la vie en commun, et d'un mode d'organisation où tous les travailleurs, sans exception, sont intéressés à produire vite et bien. La lutte serait-elle subversive ? Non, parce que le gouvernement serait toujours à même d'en amortir les effets, en empêchant de descendre à un niveau trop bas les produits sortis de ses ateliers. Aujourd'hui, lorsqu'un individu extrêmement riche entre en lice avec d'autres qui le sont moins, cette lutte inégale est nécessairement désastreuse, attendu qu'un particulier ne cherche que son intérêt personnel ; s'il peut vendre deux fois moins cher que ses concurrents pour les ruiner et rester maître du champ de bataille, il le fait. Mais lorsqu'à la place de ce particulier se trouve le pouvoir lui-même, la question change de face. Le pouvoir, celui que nous voulons, aura -t-il quelqu'intérêt à bouleverser l'industrie, à ébranler toutes les existences ? Ne sera-t-il point, par sa nature et sa position, le protecteur né, même de ceux à qui il fera, dans le but de transformer la société, une sainte concurrence ! Donc, entre la guerre industrielle qu'un gros capitaliste déclare aujourd'hui à un petit capitaliste, et celle que le pouvoir déclarerait, dans notre système, à l'individu, il n'y a pas de comparaison possible. La première consacre nécessairement la fraude, la violence et tous les malheurs que l'iniquité porte dans ses flancs ; la seconde serait conduite sans brutalité, sans secousses, et de manière seulement à atteindre son but, l'absorption successive et pacifique des ateliers individuels par les ateliers sociaux.

Ainsi, au lieu d'être, comme l'est aujourd'hui tout gros capitaliste, le maître et le tyran du marché, le gouvernement en serait le régulateur. Il se servirait de l'arme de la concurrence, non pas pour renverser violemment l'industrie particulière, ce qu'il serait intéressé par-dessus tout à éviter, mais pour l'amener insensiblement à composition. Bientôt en effet, dans toute sphère d'industrie où un atelier social aurait été établi, on verrait accourir vers cet atelier, à cause des avantages qu'il présenterait aux sociétaires, travailleurs et capitalistes. Au bout d'un certain temps, on verrait se produire, sans usurpation, sans injustice, sans désastres irréparables, et au profit du principe de l'association, le phénomène qui, aujourd'hui, se produit si déplorablement, et à force de tyrannie, au profit de l'égoïsme individuel. Un industriel très riche aujourd'hui peut, en frappant un grand coup sur ses rivaux, les laisser morts sur la place et monopoliser toute une branche d'industrie. Dans notre système, l'état se rendrait maître de l'industrie peu à peu, et, au lieu du monopole, nous aurions, pour résultat du succès, obtenu la défaite de la concurrence : l'association. Supposons le but atteint dans une branche particulière d'industrie ; supposons les fabricants de machines, par exemple, amenés à se mettre au service de l'état, c'est-à-dire à se soumettre aux principes du règlement commun. Comme une même industrie ne s'exerce pas toujours au même lieu, et qu'elle a différents foyers, il y aurait lieu d'établir entre tous les ateliers appartenant au même genre d'industrie, le système d'association établi dans chaque atelier particulier. Car il serait absurde, après avoir tué la concurrence entre individus, de la laisser subsister entre corporations.

Il y aurait donc, dans chaque sphère de travail que le gouvernement serait parvenu à dominer, un atelier central duquel relèveraient tous les autres, en qualité d'ateliers supplémentaires. De même que M Rothschild possède, non-seulement en France, mais dans divers pays du monde, des maisons qui correspondent avec celle où est fixé le siége principal de ses affaires, de même chaque industrie aurait un siége principal et des succursales. Dès lors, plus de concurrence. Entre les divers centres de production appartenant à la même industrie, l'intérêt serait commun, et l'hostilité ruineuse des efforts serait remplacée par leur convergence. Je n'insisterai pas sur la simplicité de ce mécanisme : elle est évidente. Remarquez, en effet, que chaque atelier, après la première année, se suffisant à lui-même, le rôle du gouvernement se bornerait à surveiller le maintien des rapports de tous les centres de production du même genre, et à empêcher la violation des principes du règlement commun. Il n'est pas aujourd'hui de service public qui ne présente cent fois plus de complications. Transportez-vous pour un instant dans un état de choses où il aurait été loisible à chacun de se charger du port des lettres, et figurez-vous le gouvernement venant dire tout à coup : " à moi, à moi seul le service des postes ! " que d'objections ! Comment le gouvernement s'y prendra-t-il pour faire parvenir exactement, à l'heure dite, tout ce que 34 millions d'hommes peuvent écrire, chaque jour, à chaque minute du jour, à 34 millions d'hommes ? Et cependant, à part quelques infidélités qui tiennent moins à la nature du mécanisme qu'à la mauvaise constitution des pouvoirs que nous avons eus jusqu'ici, on sait avec quelle merveilleuse précision se fait le service des postes.

Je ne parle pas de notre ordre administratif et de l'engrenage de tous les ressorts qu'il exige. Voyez pourtant quelle est la régularité du mouvement de cette immense machine ! C'est qu'en effet le mode des divisions et des subdivisions fait, comme on dit, marcher tout seul le mécanisme en apparence le plus compliqué. Comment ! Faire agir avec ensemble les travailleurs serait déclaré impossible dans un pays où on voyait, il y a quelques vingt années, un homme animer de sa volonté, faire vivre de sa vie, faire marcher à son pas un million d'hommes ! Il est vrai qu'il s'agissait de détruire. Mais est-il dans la nature des choses, dans la volonté de Dieu, dans le destin providentiel des sociétés, que produire avec ensemble soit impossible, lorsqu'il est si aisé de détruire avec ensemble ? Au reste, les objections tirées des difficultés de l'application ne seraient pas ici sérieuses, je le répète. On demande à l'état de faire, avec les ressources immenses et de tout genre qu'il possède, ce que nous voyons faire aujourd'hui à de simples particuliers. De la solidarité de tous les travailleurs dans un même atelier, nous avons conclu à la solidarité des ateliers dans une même industrie . Pour compléter le système, il faudrait consacrer la solidarité des industries diverses. C'est pour cela que nous avons déduit de la quotité des bénéfices réalisés par chaque industrie une somme au moyen de laquelle l'état pourrait venir en aide à toute industrie que des circonstances imprévues et extraordinaires mettraient en souffrance. Au surplus, dans le système que nous proposons, les crises seraient bien plus rares. D'où naissent-elles aujourd'hui en grande partie ? Du combat vraiment atroce que se livrent tous les intérêts, combat qui ne peut faire des vainqueurs sans faire des vaincus, et qui, comme tous les combats, attèle des esclaves au char des triomphateurs.

En tuant la concurrence, on étoufferait les maux qu'elle enfante. Plus de victoires ; donc, plus de défaites. Les crises, dès lors, ne pourraient plus venir que du dehors. C'est à celles-là seulement qu'il deviendrait nécessaire de parer. Les traités de paix et d'alliance ne suffiraient pas pour cela sans doute ; cependant, que de désastres conjurés, si, à cette diplomatie honteuse, lutte d'hypocrisie, de mensonges, de bassesses, ayant pour but le partage des peuples entre quelques brigands heureux, on substituait un système d'alliance fondé sur les nécessités de l'industrie et les convenances réciproques des travailleurs dans toutes les parties du monde ! Mais notons que ce nouveau genre de diplomatie sera impraticable aussi longtemps que durera l'anarchie industrielle qui nous dévore. Il n'y a que trop paru dans les enquêtes ouvertes depuis quelques années. à quel désolant spectacle n'avons-nous pas assisté ? Ces enquêtes ne nous ont-elles pas montré les colons s'armant contre les fabricants de sucre de betterave, les mécaniciens contre les maîtres de forges, les ports contre les fabriques intérieures, Bordeaux contre Paris, le midi contre le nord, tous ceux qui produisent contre tous ceux qui consomment ? Au sein de ce monstrueux désordre, que peut faire un gouvernement ? Ce que les uns réclament avec instance, les autres le repoussent avec fureur : ce qui rendrait la vie à ceux-ci donne la mort à ceux-là. Il est clair que cette absence de la solidarité entre les intérêts rend, de la part de l'état, toute prévoyance impossible, et l'enchaîne dans tous ses rapports avec les puissances étrangères. Des soldats au-dehors, des gendarmes au-dedans, l'état aujourd'hui ne saurait avoir d'autre moyen d'action, et toute son utilité se réduit nécessairement à empêcher la destruction d'un côté en détruisant de l'autre.

Que l'état se mette résolument à la tête de l'industrie ; qu'il fasse converger tous les efforts ; qu'il rallie autour d'un même principe tous les intérêts aujourd'hui en lutte : combien son action à l'extérieur ne serait-elle pas plus nette, plus féconde, plus heureusement décisive ! Ce ne serait donc pas seulement les crises qui éclatent au milieu de nous que préviendrait la réorganisation du travail, mais en grande partie celles que nous apporte le vent qui enfle les voiles de nos vaisseaux. Ai-je besoin de continuer l'énumération des avantages que produirait ce nouveau système ? Dans le monde industriel où nous vivons, toute découverte de la science est une calamité, d'abord parce que les machines suppriment les ouvriers qui ont besoin de travailler pour vivre, ensuite parce qu'elles sont autant d'armes meurtrières fournies à l'industriel qui a le droit et la faculté de les employer, contre tous ceux qui n'ont pas cette faculté ou ce droit. Qui dit machine nouvelle, dans le système de concurrence, dit monopole ; nous l'avons démontré . Or, dans le système d'association et de solidarité, plus de brevets d'invention, plus d'exploitation exclusive. L'inventeur serait récompensé par l'état, et sa découverte mise à l'instant même au service de tous. Ainsi, ce qui est aujourd'hui un moyen d'extermination deviendrait l'instrument du progrès universel ; ce qui réduit l'ouvrier à la faim, au désespoir et le pousse à la révolte, ne servirait plus qu'à rendre sa tâche moins lourde, et à lui procurer assez de loisir pour exercer son intelligence ; en un mot, ce qui permet la tyrannie aiderait au triomphe de la fraternité. Dans l'inconcevable confusion où nous sommes aujourd'hui plongés, le commerce ne dépend pas et ne peut pas dépendre de la production.

Tout se réduisant pour la production à trouver des consommateurs que tous les producteurs sont occupés à s'arracher, comment se passer des courtiers et des sous-courtiers, des commerçants et des sous-commerçants ? Le commerce devient ainsi le ver rongeur de la production. Placé entre celui qui travaille et celui qui consomme, le commerce les domine l'un et l'autre, l'un par l'autre. Fourier, qui a si vigoureusement attaqué l'ordre social actuel, et, après lui, M Victor Considérant, son disciple, ont mis à nu cette grande plaie de la société qu'on appelle le commerce, avec une logique irrésistible. Le commerçant doit être un agent de la production, admis à ses bénéfices et associé à toutes ses chances. Voilà ce que dit la raison et ce qu'exige impérieusement l'utilité de tous. Dans le système que nous proposons, rien de plus facile à réaliser. Tout antagonisme cessant entre les divers centres de production dans une industrie donnée, elle aurait, comme en ont aujourd'hui les maisons de commerce considérables, partout où l'exigent les besoins de la consommation, des magasins et des dépôts. Que doit être le crédit ? Un moyen de fournir des instruments de travail au travailleur.

Aujourd'hui, nous l'avons montré ailleurs, le crédit est tout autre chose. Les banques ne prêtent qu'au riche. Voulussent-elles prêter au pauvre, elles ne le pourraient pas sans courir aux abîmes. Les banques constituées au point de vue individuel ne sauraient donc jamais être, quoi qu'on fasse, qu'un procédé admirablement imaginé pour rendre les riches plus riches et les puissants plus puissants. Toujours le monopole sous les dehors de la liberté, toujours la tyrannie sous les apparences du progrès ! L'organisation proposée couperait court à tant d'iniquités.

Cette portion de bénéfices, spécialement et invariablement consacrée à l'agrandissement de l'atelier social par le recrutement des travailleurs, voilà le crédit. Maintenant, qu'avez-vous besoin des banques ? Supprimez-les. L'excès de la population serait-il à craindre lorsque, assuré d'un revenu, tout travailleur aurait acquis nécessairement des idées d'ordre et des habitudes de prévoyance ? Pourquoi la misère aujourd'hui est-elle plus prolifique que l'opulence ? Nous l'avons dit. Dans un système où chaque sphère de travail rassemblerait un certain nombre d'hommes animés du même esprit, agissant d'après la même impulsion, ayant de communes espérances et un intérêt commun, quelle place resterait, je le demande, pour ces falsifications de produits, ces lâches détours, ces mensonges quotidiens, ces fraudes obscures qu'impose aujourd'hui à chaque producteur, à chaque commerçant, la nécessité d'enlever, coûte que coûte, au voisin sa clientèle et sa fortune ? La réforme industrielle ici serait donc en réalité une profonde révolution morale, et ferait plus de conversions en un jour que n'en ont fait dans un siècle toutes les homélies des prédicateurs et toutes les recommandations des moralistes. Ce que nous venons de dire sur la réforme industrielle, suffit pour faire pressentir d'après quels principes et sur quelles bases nous voudrions voir s'opérer la réforme agricole. L'abus des successions collatérales est universellement reconnu. Ces successions seraient abolies, et les valeurs dont elles se trouveraient composées seraient déclarées propriété communale. Chaque commune arriverait de la sorte à se former un domaine qu'on rendrait inaliénable, et qui, ne pouvant que s'étendre, amènerait, sans déchirements ni usurpations, une révolution agricole immense ; l'exploitation du domaine communal devant d'ailleurs avoir lieu sur une plus grande échelle et suivant des lois conformes à celles qui régiraient l'industrie.

Nous reviendrons sur ce sujet, qui exige quelques développements. On a vu pourquoi, dans le système actuel, l'éducation des enfants du peuple était impossible. Elle serait tellement possible dans notre système, qu'il faudrait la rendre obligatoire en même temps que gratuite. La vie de chaque travailleur étant assurée et son salaire suffisant, de quel droit refuserait-il ses enfants à l'école ? Beaucoup d'esprits sérieux pensent qu'il serait dangereux aujourd'hui de répandre l'instruction dans les rangs du peuple, et ils ont raison. Mais comment ne s'aperçoivent-ils pas que ce danger de l'éducation est une preuve accablante de l'absurdité de notre ordre social ? Dans cet ordre social, tout est faux : le travail n'y est pas en honneur ; les professions les plus utiles y sont dédaignées ; un laboureur y est tout au plus un objet de compassion, et on n'a pas assez de couronnes pour une danseuse. Voilà, voilà pourquoi l'éducation du peuple est un danger ! Voilà pourquoi nos colléges et nos écoles ne versent dans la société que des ambitieux, des mécontents et des brouillons. Mais qu'on apprenne à lire au peuple dans les bons livres ; qu'on lui enseigne ce qui est le plus utile à tous est le plus honorable ; qu'il n'y a que des arts dans la société, qu'il n'y a pas de métiers ; que rien n'est digne de mépris que ce qui est de nature à corrompre les ames, à leur verser le poison de l'orgueil, à les éloigner de la pratique de la fraternité, à leur inoculer l'égoïsme. Puis, qu'on montre à ces enfants que la société est régie par les principes qu'on leur enseigne : l'éducation serait-elle dangereuse alors ? On fait de l'instruction un marche-pied apparent pour toutes les sottes vanités, pour toutes les prétentions stériles, et on crie anathème à l'instruction ! On écrit de mauvais livres, appuyés par de mauvais exemples, et l'on se croit suffisamment autorisé à proscrire la lecture ! Quelle pitié ! Résumons-nous.

Une révolution sociale doit être tentée, I parce que l'ordre social actuel est trop rempli d'iniquités, de misères, de turpitudes, pour pouvoir subsister longtemps ; 2 parce qu'il n'est personne qui n'ait intérêt, quels que soient sa position, son rang, sa fortune, à l'inauguration d'un nouvel ordre social. 3 enfin, parce que cette révolution, si nécessaire, il est possible, facile même, de l'accomplir pacifiquement. Dans le monde nouveau où elle nous ferait entrer, il y aurait peut-être encore quelque chose à faire pour la réalisation complète du principe de fraternité. Mais tout, du moins, serait préparé pour cette réalisation, qui serait l'œuvre de l'enseignement. L'humanité a été trop éloignée de son but pour qu'il nous soit donné d'atteindre ce but en un jour. La civilisation corruptrice dont nous subissons encore le joug a troublé tous les intérêts, mais elle a en même temps troublé tous les esprits et empoisonné les sources de l'intelligence humaine. L'iniquité est devenue justice ; le mensonge est devenu vérité ; et les hommes se sont entre-déchirés au sein des ténèbres. Beaucoup d'idées fausses sont à détruire : elles disparaîtront, gardons-nous d'en douter. Ainsi, par exemple, le jour viendra où il sera reconnu que celui-là doit plus à ses semblables qui a reçu de Dieu plus de force ou plus d'intelligence. Alors, il appartiendra au génie, et cela est digne de lui, de constater son légitime empire non, par l'importance du tribut qu'il lèvera sur la société, mais par la grandeur des services qu'il lui rendra. Car ce n'est pas à l'inégalité des droits que l'inégalité des aptitudes doit aboutir, c'est à l'inégalité des devoirs. De la propriété littéraire. I. Quelle est la nature du mal ? Les littérateurs affluent ; quelques-uns s'enrichissent ; beaucoup meurent de faim ; la librairie est ruinée ; l'imprimerie est perdue ; le goût public se pervertit ; jamais, au sein d'une plus fastueuse abondance de livres, le domaine intellectuel ne fut plus stérile... voilà le mal ; il est immense.

Quel remède a-t-on proposé ? Une loi qui étendrait le droit de propriété de l'auteur, après sa mort, de vingt à trente ans ! Oh ! Que Lord Chesterfeeld avait raison de dire à son fils en l'envoyant visiter les principales cours de l'Europe : " allez, mon fils, allez voir avec quelle petite dose de sagesse le monde est gouverné ! " je dirai tout à l'heure combien il est absurde de décréter la propriété littéraire, et combien est fatal à la société l'exercice prolongé de ce prétendu droit qu'on voudrait consacrer ; mais avant d'entrer dans l'examen des difficultés sans nombre que la question soulève, je me demande quel est ici le but du législateur ? Son but, c'est évidemment de consacrer la profession de l'homme de lettres, considérée comme métier, comme moyen de gagner de l'argent. Mais est-il dans la nature des choses, est-il dans l'intérêt public que la littérature devienne un procédé industriel ? Est-il bon qu'il y ait dans la société beaucoup d'hommes faisant des livres pour s'enrichir, ou même pour vivre ? J'affirme que non. Et la raison en est simple. Pour qu'un écrivain remplisse dignement sa mission, il faut qu'il s'élève au-dessus des préjugés des hommes, qu'il ait le courage de leur déplaire pour leur être utile ; il faut, en un mot, qu'il les gouverne moralement. Cette mission est du chansonnier comme du moraliste, du poète comme du philosophe, de celui qui nous fait rire comme de celui qui nous arrache des pleurs. Peu importe la forme que revêt cette souveraineté morale de l'écrivain. Elle est tout aussi réelle dans Beaumarchais que dans Nicole, et dans Molière que dans Pascal. Oui, la littérature a sur la société droit de commandement. Or, que devient ce droit de commandement si l'homme de lettres descend à l'exercice d'un métier, s'il ne fait plus des livres que pour amasser des capitaux ?

S'asservir aux goûts du public, flatter ses préjugés, alimenter son ignorance, transiger avec ses erreurs, entretenir ses mauvaises passions, écrire enfin tout ce qui lui est funeste, mais agréable ... telle est la condition nécessaire de quiconque a du génie pour de l'argent. Quoi ! En échange de l'or que je vous offre, vous me faites honte de ma stupidité, vous gourmandez mon égoïsme, vous me troublez dans la jouissance du fruit de mes rapines ; vous me faites peur de l'avenir ! Votre sagesse coûte trop cher, monsieur : je n'en veux pas. La pensée perd de la sorte son caractère d'enseignement et son autorité morale. L'écrivain, s'il dépend de la faveur du public, perd la faculté de le guider ; il en perd jusqu'au désir : c'est un roi qui abdique. Que tous les travaux de l'esprit n'aient pas une égale importance, sans doute. Cependant, tous, même les plus frivoles en apparence, ont sur la société une action bonne ou mauvaise. Il n'est pas au pouvoir d'un homme de lettres de n'être qu'un amuseur de la foule. Car, pour amuser les hommes, il faut toucher des cordes qui répondent à leur intelligence ou à leur cœur. Ce qui prouve, soit dit en passant, que la théorie de l'art pour l'art est une niaiserie. La littérature, quelque forme qu'elle affecte, exerce donc une influence qu'il importe au plus haut point de régler, et c'est la rendre extrêmement dangereuse que de la laisser aux mains d'hommes qui ne s'en servent qu'en vue d'un bénéfice d'argent. Je concevrais qu'on fît une loi pour abolir, comme métier, la condition d'homme de lettres ; mais en faire une pour rendre ce métier plus fructueux et encourager les fabricants de littérature, cela me paraît insensé. Non-seulement il est absurde de déclarer l'écrivain propriétaire de son œuvre, mais il est absurde de lui proposer comme récompense une rétribution matérielle. Rousseau copiait de la musique pour vivre et faisait des livres pour instruire les hommes.

Telle doit être l'existence de tout homme de lettres digne de ce nom. S'il est riche, qu'il s'adonne tout entier au culte de la pensée : il le peut. S'il est pauvre, qu'il sache combiner avec ses travaux littéraires l'exercice d'une profession qui subvienne à ses besoins. Parmi les auteurs contemporains, il en est un qui, à force de recherches patientes et de veilles, est parvenu à renouer, pour le peuple, la chaîne, en mille endroits brisée, des traditions. Personne assurément n'a travaillé à une œuvre historique avec plus d'amour, avec plus de persévérance que M Monteil ; personne n'a mis dans l'accomplissement d'une résolution littéraire une plus grande part de sa vie. Que serait-il advenu si, pendant les trente ou quarante années qu'il a consacrées à son ouvrage, M Monteil n'avait attendu ses moyens d'existence que de ses livres ? Ce qui serait advenu ? Je n'ose le dire, et vous le devinez. Mais, dieu merci ! M Monteil avait uneâmeintrépide et haute. Pour se défendre contre l'extrême pauvreté, il a eu recours à une industrie honorable : il a vendu les matériaux mêmes de ses études ; il a vendu les manuscrits précieux qu'il avait recueillis çà et là dans son voyage de découvertes. C'était Rousseau copiant de la musique. Grace à cette courageuse conduite, M Monteil a vécu, non pas à l'abri des privations, mais à l'abri des caprices du public. Il est resté maître de lui, maître de son œuvre. Supposez qu'au lieu d'écrire l'histoire pour faire triompher la vérité, il ne l'eût écrite que pour gagner de l'argent ; supposez qu'au lieu de chercher ses moyens d'existence dans la vente de manuscrits ignorés, il eût spéculé sur ses livres ; l'impatience du succès l'aurait gagné, il aurait écrit beaucoup plus vite, beaucoup plus mal.

à l'histoire utile et féconde de l'agriculture, du commerce, des métiers... il aurait préféré, lui aussi, l'histoire divertissante des batailles et des intrigues de cour. La société y aurait perdu un grand historien et un bel ouvrage. Parmi les plus illustres poëtes de notre époque, combien en est-il qu'on osât placer au-dessus de Béranger ? Béranger a fait comme M Monteil, comme Rousseau. Pendant qu'il travaillait à ses immortelles chansons, il demandait à un emploi modeste le moyen de lutter contre les nécessités de la vie. Avant la révolution de 1789, la profession littéraire, dans la rigueur du mot, n'existait pas. Nous voyons bien dans l'histoire des hommes de lettres que, sous Louis Xiii, La Serre tirait vanité du facile débit de ses livres, et que La Calprenède, tout noble qu'il était, s'achetait des manteaux avec les pistoles du libraire Courbé. Toutefois, ceux qui, pour vivre, comptaient sur le revenu de leurs livres faisaient exception à la règle. Parmi les auteurs, les uns, comme Brantôme et Bussy-Rabutin, étaient de fiers gentilshommes, qui ne prenaient une plume qu'à défaut d'une épée ; les autres, comme Desmarets, occupaient un emploi public ; quelques-uns se trouvaient placés sous le patronage du monarque, comme Molière et Racine ; la plupart, comme Mairet, étaient aux gages d'un grand seigneur. " quand je n'aurais pas l'honneur d'être à vous comme je l'ai, écrivait Mairet au duc de Montmorency, et que le don que je vous ai fait de moi ne m'eût pas ôté la liberté de disposer de mes actions, je ne sais personne en France à qui plus justement qu'à vous je puisse présenter, comme je le fais, les premiers fruits de mon estude. " on voit tout ce qu'une semblable condition avait d'humiliant. Elle ne devait cesser néanmoins qu'avec le régime qui la consacrait.

Jean-Jacques Rousseau, pour ne l'avoir pas voulu subir, fut

impitoyablement calomnié dans son indépendance par ses jaloux confrères : moins heureux que Diderot, ce favori de Catherine Ii ; moins heureux que Voltaire, cet ami du grand Frédéric ; moins heureux que Grimm, ce courtier de tous les souverains philosophes du dix-huitième siècle. Pour changer cet état de choses, il ne fallait pas moins qu'une révolution, et, la veille même de cette révolution, ne trouve-t-on pas l'auteur du voyage du jeune Anacharsis vivant à l'ombre de la faveur du duc de Choiseul, dans le riant exil de Chanteloup ! Vint 89, date à jamais célèbre ! Les écrivains alors cessèrent d'appartenir à quelqu'un ; mais, forcés de spéculer sur leurs œuvres, ils appartinrent à tout le monde. S'ils y ont gagné, je l'ignore ; mais certainement la société y a perdu. à quoi se réduisaient en effet les obligations de cette vie dépendante que l'homme de lettres menait autrefois auprès de l'homme puissant ? à je ne sais quel vain tribut de flatterie levé sur l'intelligence par la vanité d'un sot. C'était un mal ; mais la dignité de l'auteur en souffrait beaucoup plus que l'intérêt de la société. Les serviles préfaces où Corneille célébrait les vertus de Mazarin n'empêchaient pas l'auteur sublime de Cinna de s'écrier par la bouche d'émilie : pour être plus qu'un roi, tu te crois quelque chose ! Aujourd'hui l'écrivain a pour maître, lorsqu'il exploite lui-même sa pensée, non plus celui qui l'héberge, mais celui qui le lit. Au lieu de l'homme qui aliène sa dignité, c'est l'auteur qui tend à abdiquer sa fonction. Tel est souvent le caractère des révolutions, qu'elles emportent avec l'ivraie le bon grain qu'il a plu à Dieu d'y mêler. Celle de 89 ne fit pas autrement.

De même qu'en abolissant les jurandes et les maîtrises, elle frappait d'un seul coup le monopole et l'association ; de même, en renversant tous les vieux pouvoirs, elle détruisit sans distinction, et ce qu'ils avaient de tyrannique, et ce qu'ils avaient de protecteur. La théorie de l'individualisme prévalut dans les lettres comme dans l'industrie. Le principe périt dans le violent effort que firent contre les représentants de ce principe les intérêts en révolte. Pour mieux briser le moule, on portait la main sur l'idée. Dans ce profond ébranlement de tout ce qui était régime d'association et de protection, les gens de lettres n'ayant plus rien à attendre que d'eux-mêmes, prirent naturellement le parti de trafiquer de leur pensée, et le mercantilisme fit invasion dans la littérature. Autre malheur ; la littérature ne fut pas plus tôt devenue une profession lucrative, que ceux-là coururent en foule s'y précipiter qui trouvaient les autres carrières encombrées. Et comment n'y aurait-il pas eu encombrement dans toutes les sphères de l'activité humaine, lorsque l'individualisme, proclamé sous le nom de liberté, venait pousser à tous les excès d'une compétition universelle ? D'un autre côté, des mots magiques avaient retenti ; on avait écrit le mot égalité dans nos codes ; mais on n'en couvrait pas moins d'un mépris injuste les laboureurs, les artisans, les ouvriers ; on n'en élevait pas moins les enfants dans cette idée qu'il y a des métiers et des arts, des professions qui sont libérales et d'autres qui ne le sont pas. Ainsi on allumait dans les cœurs une soif ardente de distinctions frivoles ; ainsi on allait semant dans tous les jeunes esprits le germe des ambitions artistiques ou littéraires ; et l'instruction plus répandue, sans être mieux dirigée, préparait l'envahissement de la société par ce flot de jeunes hommes tous également avides de renommée, tous également prompts à s'engager dans les routes battues, sur la foi de leurs désirs ou de leurs rêves.

Qu'est-il résulté de là ? Que le phénomène qui se manifestait dans l'industrie s'est manifesté dans les lettres. Il y a eu partout cohue, et partout il y a eu tiraillements, luttes sans fin, désordres de tout genre, désastres. La concurrence dans les lettres a produit des résultats analogues à ceux qu'elle produisait dans l'industrie. à côté de l'industriel falsifiant ses produits pour l'emporter sur ses rivaux par le bon marché, on a eu l'écrivain altérant sa pensée, tourmentant son style, pour conquérir le public par l'attrait funeste des situations forcées, des sentiments exagérés, des locutions bizarres, et, le dirai-je, hélas ! Des enseignements pervers. à côté de l'industriel écrasant à force de capitaux ses compétiteurs, on a eu l'écrivain riche gagnant de vitesse l'écrivain pauvre dans le domaine de la renommée, et se servant ensuite de l'éclat du nom acquis pour enchaîner dans l'ombre le mérite ignoré. Au sein d'une profusion de livres toujours croissante, le public est resté sans direction ; et n'ayant plus ni la possibilité ni le temps de choisir, il a fermé sa bourse aux écrivains sérieux, et jeté sonâmeen pâture aux charlatans. De là l'épouvantable abus des annonces, le trafic des éloges, la prostitution de la critique, les ruses de la camaraderie, toutes les hontes, tous les mensonges, tous les scandales. Encore si, au prix de la dignité des lettres compromise, de la morale publique ébranlée, des sources de l'intelligence empestées, le gros des gens de lettres avait fait fortune ! Mais non : l'exploitation a été aussi ruineuse que hideuse ; on a commencé par le déshonneur et fini par la misère. Puis, du milieu de ces ruines se sont levés les spéculateurs, et ils ont offert aux gens de lettres leur assistance.

Ce qu'ils apportaient comme mise de fonds dans ces tripotages de l'esprit, ce n'était pas même de l'argent ; c'était quelque artifice nouveau d'exploitation, un procédé. Il a fallu accepter leur concours. Le concours s'est bien vite transformé en domination ; l'homme d'affaires n'a eu qu'à s'approcher de l'homme de talent pour l'absorber ; on a vu des écrivains, et des meilleurs, se vendre à des courtiers de phrases, non pas même en détail, mais en bloc, comme Mairet au duc de Montmorency, lorsqu'il lui écrivait : le don que je vous ai fait de moi . Qu'ajouter à ce tableau malheureusement trop fidèle ? Est-il vrai, oui ou non, que ce sont des mains à peine capables de tenir une plume qui agitent aujourd'hui le sceptre de la littérature ? Est-il vrai que chaque jour, à la porte de tel spéculateur tout-puissant, se morfondent de pauvres littérateurs demandant la publicité comme une aumône ? Et si cela est vrai, à quel degré d'abaissement sommes-nous donc descendus ! M Henri De Latouche a décrit énergiquement cette déchéance de la littérature lorsqu'il a dit : " les mœurs littéraires sont tournées à l'argent ; c'est l'idée fixe de notre époque, c'est le chien contagieux dont est mordu ce siècle épicier. Croiriez-vous qu'il s'est formé une congrégation d'assureurs contre la propagation des idées ? Nos hommes de style, comme les principicules d'Outre-Rhin, se confédèrent, non au profit des idées à répandre, mais des bénéfices à concentrer. Ils se sont garanti l'intégralité de leur territoire et l'inviolabilité de leurs frontières, qui sont très-prochaines. On se proclame ruiné si on vous emprunte un demi-article. C'est la sainte-alliance des paragraphes... on se demande comment ces messieurs se résignent à promener les personnes gratis sur nos boulevards sans tarifer les regards du passant.

" Ii. Impuissance et absurdité du remède qu'on a proposé. Maintenant quel rapport y a-t-il, je vous prie, entre la nature du mal que nous venons de décrire et celle du remède qu'on a proposé ? Le mal est dans une affluence trop grande de littérateurs inutiles, mauvais ou dangereux ; et le remède proposé consistait à sanctionner législativement ce fléau ! Le mal est dans l'exploitation des livres par leurs auteurs ; et le remède proposé consistait à prolonger cette exploitation, à en faire un droit posthume ! Le mal est dans ce fait que la littérature n'est plus qu'un métier ; qu'on tient boutique de pensées ; que les lecteurs sont devenus des chalands dont il faut, pour conserver leur pratique, tenter les goûts, servir les caprices, flatter bassement les préjugés, entretenir les erreurs ; et le remède proposé consistait à convertir en un principe sacré ce fait déplorable, à lui donner la consécration de la loi ! Tant d'aveuglement se conçoit à peine. Au reste, puisqu'on a parlé de propriété littéraire, voyons un peu ce que de tels mots signifient. La propriété de la pensée ! Autant vaudrait dire la propriété de l'air renfermé dans le ballon que je tiens dans ma main. L'ouverture faite, l'air s'échappe ; il se répand partout, il se mêle à toutes choses : chacun le respire librement. Si vous voulez m'en assurer la propriété, il faut que vous me donniez celle de l'atmosphère : le pouvez-vous ? Aux partisans du droit de propriété littéraire, nous demanderons d'abord, avec M Portalis : qu'entendez-vous par une pensée qui appartient à quelqu'un ? Cette pensée vous appartient, dites-vous. Mais avec dix livres, peut-être, on a fait toutes les bibliothèques qui existent ; et ces dix livres, tout le monde les a composés. Les grands hommes ne gouvernent la société qu'au moyen d'une force qu'ils lui empruntent à elle-même.

Ils ne l'éclairent que par la concentration dans un ardent foyer de tous les rayons épars qui émanent d'elle. Ils lui dérobent le pouvoir de la conduire. Cela est si vrai que, lorsque le Christ parut, le monde romain était dans l'attente et avait le pressentiment de l'évangile. Quant à Luther, fit-il autre chose que traduire ce désir de résistance qu'avait éveillé dans tous les cœurs la tyrannie de la papauté, et qui éclatait déjà partout en manifestations diverses, mais caractéristiques et puissantes ? Ce raisonnement nous conduirait, on le voit, à abandonner la propriété du fond pour ne reconnaître que celle de la forme. Et M De Balzac, à en croire une pétition qu'il a adressée aux chambres, serait fort de cet avis. Or, voici quel serait le résultat de cette belle théorie. Charles Fourier a cru devoir formuler en termes bizarres et peu intelligibles les idées qui composent le fond de son système. Vient un badigeonneur littéraire qui s'empare du système de Fourier, l'expose dans un style clair, élégant si on veut, et met le tout en vente. Vous voyez bien que, à côté de Fourier qui va mourir de faim, le badigeonneur s'enrichira. Entendue de la sorte, qu'est-ce que la propriété ? C'est le vol. D'ailleurs, quelle que soit la part de tous dans la pensée de chacun, on ne niera pas du moins que la pensée ne tire de la publicité toute sa valeur. Que vaut la pensée dans la solitude ? La consommation des objets matériels se peut concevoir, en dehors de tout état de société : de même que cette consommation est individuelle, elle peut être solitaire. L'idée de société n'ajoute rien à la valeur des fruits que le sauvage cueille dans les bois, des animaux qu'il tue à la chasse. S'agit-il de la pensée ? C'est tout différent. Son importance croît en proportion des intelligences qui lui rendent hommage.

La consommation détruit, fait disparaître les objets matériels. La publicité, cette consommation intellectuelle, loin de détruire les objets immatériels, les multiplie, les rend plus précieux, ajoute à leur fécondité, augmente leur chance de vie. Il n'est donc pas besoin de savoir d'où vient l'origine des productions de l'esprit, il suffit de savoir d'où vient leur valeur, pour comprendre qu'elles ne sauraient être le patrimoine de personne. Si c'est la société qui leur confère une valeur, c'est à la société seule que le droit de propriété appartient. Reconnaître, au profit de l'individu, un droit de propriété littéraire, ce n'est pas seulement nuire à la société, c'est la voler. " prenez garde !

S'écrie M De Balzac dans sa brochure, si vous souffrez qu'on nie la propriété littéraire, la propriété foncière est en péril ; la logique, qui attaque l'une, aura bientôt renversé l'autre. " comme tactique, rien de plus ingénieux que ce rapprochement ; comme argumentation, rien de plus pauvre. Si la propriété, après avoir été reconnue en fait, a été défendue en principe, ce n'a été que sous le rapport du profit que la société pouvait tirer d'une semblable convention et de son inviolabilité. On a supposé que la société avait dit au propriétaire : " tu seras maître de ce domaine et tu pourras le laisser à tes enfants, parce que les travaux de l'agriculture, pour devenir aussi féconds qu'ils peuvent l'être, demandent de la sécurité, de la patience et du temps. Tu pourras t'écrier, sans que personne ait la faculté de te contredire impunément : ceci est à moi, parce que nous voulons que tu aies intérêt à planter des arbres pour d'autres que pour toi, à creuser des canaux que tes enfants achèveront, à ouvrir des mines si profondes que la vie d'un homme ne suffirait pas à les explorer et à en épuiser les trésors.

C'est pour cela que nous te déclarons propriétaire. " on est donc parti, pour défendre la propriété, de l'intérêt social, bien ou mal entendu, sans parler de l'apparente nécessité de respecter un fait aussi ancien, aussi généralement accepté, aussi difficile à ébranler et même à modifier. Ici, rien de semblable. L'intérêt d'un auteur est mis dans l'un des plateaux de la balance, l'intérèt social dans l'autre. Et ce qu'on nous demande, c'est tout simplement de reconnaître qu'un homme pèse plus que l'humanité. La propriété littéraire est donc condamnée sans appel par son principe même ; mais elle l'est bien plus rigoureusement encore par ses conséquences. Si le droit de propriété littéraire est reconnu, il faut d'abord le rendre héréditaire et perpétuel ; car, de deux choses l'une : ou il est contraire à l'intérêt social, et alors pourquoi en consacrer le principe ? Ou il est conforme à l'intérêt social, et alors pourquoi en limiter l'usage ? Dans le premier cas, l'attentat est sans excuse ; dans le second, l'inconséquence est monstrueuse. Rien de plus pitoyable, en vérité, que cette discussion qui roule sur le point de savoir si le privilége des auteurs leur survivra pendant dix, trente ou cinquante ans. Ce n'est pas là évidemment la question. Or, à quel danger la société ne s'expose-t-elle pas en consacrant la perpétuité du droit des auteurs ? Dans un article plein de sens et de verve, le national disait : " si vous consacrez le droit de propriété de l'auteur, que devient l'intérêt général ? Est-ce l'auteur lui-même qui le garantira ? Et savez-vous par quelles phases mobiles cet auteur lui-même pourra passer ? Ignorez-vous la biographie des écrivains les plus illustres ? Racine, voué dans sa vieillesse à la traduction des psaumes, ne voulait-il pas détruire Phèdre et Andromaque ? La Fontaine, assailli par son confesseur, n'avait-il pas ordonné de brûler ses contes ? ... je suppose qu'en I 8 i 4 le droit des collatéraux eût existé pour les œuvres de Voltaire et de Rousseau : le pouvoir séduit les héritiers.

Les héritiers, usant de leur droit, aliènent pour une somme considérable la propriété de ces œuvres, et les voilà qui disparaissent. " ces raisons sont excellentes, et combien d'autres viennent à l'appui ! Mais, en général, il me semble que dans toute cette discussion les adversaires du droit de propriété littéraire se sont trop exclusivement attachés à signaler les inconvéniens de la transmissibilité, de la perpétuité du droit. C'était à l'exercice du droit par l'auteur lui-même qu'il fallait s'attaquer. Au lieu de dire : " substituez le mot rétribution au mot propriété, et bornant à dix ans la jouissance des héritiers, maintenez les choses au point où elles en sont ; " il fallait dire hardiment, courageusement, et comme il convient à ceux qui croient combattre pour la vérité : " faites une loi, non pour consacrer la propriété littéraire, mais pour la déclarer anti-sociale et impie. Faites une loi pour abolir le métier d'homme de lettres, pour substituer au système de la propriété littéraire, non pas même celui de la rétribution individuelle, mais celui de la rémunération sociale. " le fait est que ni les partisans de la propriété littéraire, ni ses adversaires, n'ont osé se montrer tout-à-fait logiques. Pour moi, je n'hésite pas à répéter ici que ce n'est pas seulement l'exploitation d'un livre par les héritiers de l'auteur qui est funeste, mais bien l'exploitation du livre par l'auteur lui -même. En effet, on arrive par là à établir que dans la société une idée doit être matière à échange, tout comme une balle de coton ou un pain de sucre, et que les bénéfices du penseur se doivent calculer sur le nombre de ceux qui profitent de sa pensée.

D'une part, cela est absurde ; de l'autre, cela est inique. Car qui peut savoir de quelle manière la pensée arrive jusqu'à l'intelligence de chacun ? Recueillie dans un livre, une idée passe sur la palette du peintre ; le crayon du dessinateur s'en empare ; le ciseau du statuaire la taille dans le marbre ; elle vole sur l'aile du discours : la poursuivrez-vous à travers des manifestations qui sont infinies, à travers des espaces qui sont incommensurables ? Le monde peut devenir son domaine : le monde deviendra-t-il votre tributaire ? Ici, vous touchez à l'impossible ; encore un pas vous touchez à l'injustice. Les bénéfices de l'échange auront été pour tous ; l'impôt ne sera prélevé que sur quelques-uns. Je vous dois le prix de votre pensée pour l'avoir recueillie dans un livre : je ne vous dois rien, si je l'ai saisie sur les lèvres d'un orateur, si je l'ai vue sculptée sur la façade d'un monument ? Puisqu'on parle d'impôts, en est-il un dont la répartition soit plus folle ? Quand il s'agit d'objets matériels, qu'on mesure les bénéfices de la production à l'étendue de la consommation, cela se peut concevoir : les limites de la consommation sont assignables, puisque, en fin de compte, c'est à une destruction que la consommation vient aboutir. Mais tracera-t-on des bornes à cette consommation intellectuelle, qui se nomme la publicité ? Une idée qui est consommée ne disparaît pas, encore un coup ; elle grandit, au contraire, elle se fortifie, elle s'étend à la fois, et dans le temps, et dans l'espace. Donnez-lui le monde pour consommateur, elle deviendra inépuisable comme la nature et immortelle comme Dieu ! Par conséquent, soumettre la pensée à la théorie de l'échange, c'est donner une quantité finie pour mesure à une quantité infinie.

L'extravagance de ce système est flagrante. Pour ce qui est de ses résultats, ils sont odieux. Les partisans de la propriété littéraire, c'est-à-dire de l'exploitation de la littérature par les littérateurs, se sont fièrement posés comme les protecteurs du génie, comme les patrons de l'intelligence ; et ils n'ont pas vu que, si leur système était rigoureusement appliqué, que si les vices n'en étaient pas quelquefois atténués par des emprunts faits au système contraire, celui de la rémunération sociale, il conduirait tout droit le génie à l'hôpital, et reléguerait dans la nuit les plus précieuses productions de l'intelligence. La démonstration est facile. Qui dit propriété littéraire, dit rétribution par l'échange ; qui dit rétribution par l'échange, dit commerce ; qui dit commerce, dit concurrence. Voilà donc les mauvais livres en concurrence avec les bons ; voilà certains romans qui gâtent le cœur et salissent l'esprit en concurrence avec des livres utiles, mais austères ; voilà le séduisant apostolat du vice en concurrence avec les plus hautes et les plus morales conceptions. Soyez-en sûrs, Justine trouvera plus d'acheteurs que les pensées de Pascal ; ou bien encore, tel qui aurait volontiers payé tribut au génie de Pascal, ne le pourra plus à cause de l'impôt levé sur lui par M De Sade. Ainsi, grace à ce beau système de récompense, imaginé pour le génie, la puissance du mal sera centuplée ; le goût du public, irrémédiablement corrompu, rejettera toute nourriture substantielle ; et nous aurons tous les fléaux à la fois : pervertissement des esprits et des cœurs, par l'inondation des livres dangereux ; appauvrissement des grands écrivains ; succès scandaleux de quelques hommes de talent sans scrupule ou de quelques auteurs frivoles.

Je ne veux pas faire descendre cette grave discussion à une misérable guerre de noms propres ; mais si des exemples étaient nécessaires, combien n'en pourrais-je pas citer ? Que de platitudes couronnées par la vogue ! Que de beaux livres enfouis ! Je n'écrirai pas ici la somme d'argent qu'a rapportée à son auteur une brochure sur l'art de mettre sa cravate, parce qu'il m'est impossible de ne pas songer à la pauvreté de certains grands hommes, et que le rouge me monte au front. Un livre réussit aujourd'hui ; pourquoi ? à cause de son mérite ? Pas le moins du monde ; à cause de son éditeur. Le génie reçoit de la spéculation ses passeports. Mais il est des éditeurs honnêtes, et qui rendent aux lettres des services réels. -oui, grace au ciel ! Et j'en connais, pour mon compte, en qui des écrivains du premier mérite ont trouvé une véritable providence. Mais le nombre de ces hommes recommandables est petit ; et, parmi ceux qui voudraient suivre leur exemple, beaucoup sont entraînés par le flot de la concurrence, et forcés, pour échapper aux désastres de l'industrie, d'éditer la corruption ou le scandale. Ajoutez à cela que le véritable homme de lettres est en général fort étranger à la science du trafic. Il n'en est pas de même du fabricant de littérature. Il sait à merveille, celui-là, battre monnaie avec des livres ; c'est son métier. Le système de la rétribution par l'échange n'est en réalité qu'une prime offerte à l'esprit de spéculation. Donc, soit qu'on examine le droit de propriété littéraire dans son principe, soit qu'on l'étudie dans ses nécessaires conséquences, on est également conduit à le condamner . Tel était pourtant le point de départ de ce rapport de M De Lamartine, dont on a fait tant de bruit. M De Lamartine commençait son rapport en ces termes : " la société, en constituant toute propriété, a trois objets en vue : rémunérer le travail, perpétuer la famille, accroître la richesse publique.

La justice, la prévoyance et l'intérêt sont trois pensées qui se retrouvent au fond de toute chose possédée. " pour que le travail fût rémunéré par le fait de la constitution de la propriété, il faudrait que tous ceux qui travaillent fussent propriétaires, et que tous les propriétaires eussent travaillé. C'est le contraire qui arrive. La constitution actuelle de la propriété, par sa nature même, permet à ceux qui en jouissent toutes les douceurs du repos, et rejette sur ceux qui sont privés de ses bénéfices tout le fardeau du travail. On a, d'un côté, un petit nombre d'hommes vivant grassement de leurs rentes ; et de l'autre, un grand nombre d'hommes vivant à peine du fruit de leurs sueurs. Que M De Lamartine y réfléchisse un peu. Pour ce qui est de perpétuer la famille, si c'est par la propriété qu'elle se perpétue, la famille des non-propriétaires ne saurait donc se perpétuer, et la phrase de M De Lamartine doit être modifiée de la sorte : " la société, en constituant la propriété, a eu en vue de perpétuer la famille des uns, et d'empêcher que celle des autres ne se perpétue. " en ce qui concerne l'accroissement de la richesse publique, il faudrait s'entendre. Si la richesse s'accroît, mais en se concentrant aux mains de quelques-uns, ce n'est pas une richesse publique . Sous l'empire de la propriété telle qu'elle est constituée, les riches sont-ils plus nombreux que les pauvres, ou les pauvres plus nombreux que les riches ? Que M De Lamartine eût dit : " la propriété a été constituée parce que la société n'a pas su jusqu'ici et ne sait pas encore de quelle manière sans cela elle s'arrangerait pour vivre, " à la bonne heure ! La thèse se pouvait soutenir. Mais en parlant ici de justice, de prévoyance, d'intérêt, M De Lamartine a confondu l'intérêt de la société avec celui des heureux du monde, il a fait de la prévoyance une vertu de monopole, et il a pris à rebours la justice.

Continuons : " il y a des hommes qui travaillent de la main ; il y a des hommes qui travaillent de l'esprit. Les résultats de ce travail sont différents : le titre du travailleur est le même ; les uns luttent avec la terre et les saisons, ils récoltent les fruits visibles et échangeables de leurs sueurs ; les autres luttent avec les idées, les préjugés, l'ignorance ; ils arrosent aussi leurs pages des sueurs de l'intelligence, souvent de leurs larmes, quelquefois de leur sang, et recueillent au gré du temps la misère ou la faveur publique, le martyre ou la gloire. " cette exposition est évidemment incomplète. S'il y a des écrivains qui luttent contre les préjugés, il y en a qui les défendent. Les livres combattent quelquefois l'ignorance, mais quelquefois aussi ils l'entretiennent. Rousseau glorifie Dieu, mais D'Holbac le nie. Fénelon moralise la société, mais le marquis de Sade la corrompt. La science a ses Galilée, mais elle a ses Cagliostro, et peut-être a-t-elle fait moins de martyrs qu'elle n'a couronné de charlatans. J'insiste sur cette distinction que M De Lamartine a oubliée, parce que, lorsqu'il s'agira de rémunérer les travaux de l'intelligence, la première question à résoudre sera celle-ci : trouver le moyen de rémunérer le travail intellectuel, sans confondre dans la même récompense les écrivains qui enchantent et éclairent la société avec ceux qui la trompent et la dépravent ; car cela n'est conforme ni à la justice, ni à la prévoyance, ni à l'intérêt. " est-il juste, est-il utile, est-il possible de consacrer entre les mains des écrivains et de leurs familles la propriété de leurs œuvres ? Voilà les trois questions que nous avions à nous poser sur le principe même de la loi, formulé dans ses premiers articles.

Ces questions n'étaient-elles pas résolues d'avance ? Qu'est-ce que la justice, si ce n'est la proportion entre la cause et l'effet, entre le travail et la rétribution ? " acceptons cette définition de la justice. Si elle est exacte, il est clair que rien n'est plus souverainement injuste que de placer dans le droit de propriété littéraire la rémunération des travaux de l'esprit. Que Laplace n'ait d'autre récompense matérielle de ses écrits que le droit d'en disposer et de les vendre : comme un ouvrage sur la mécanique céleste s'adresse naturellement à un fort petit nombre de lecteurs, quelle proportion y aura-t-il entre le travail et la rétribution de Laplace ? Mais voici un romancier qui noircit à la hâte quelques pages, non-seulement mauvaises, mais corruptrices, à l'usage de tous les lecteurs désœuvrés. L'homme de génie court grand risque de mourir pauvre, et notre romancier, sans même avoir eu besoin de brûler son huile, aura voiture et laquais. Quelle manière d'entendre la justice distributive ! Mais, direz-vous, l'état prendra l'homme de génie sous son patronage, il lui conférera des dignités, l'élèvera aux plus hauts emplois. Prenez garde ! Vous sortez de votre système ; et cette nécessité où vous êtes d'en sortir prouve mieux que tout ce que je pourrais dire combien il renferme d'inégalités choquantes et consacre d'injustices. " cela est-il utile ? Il suffirait de répondre que cela est juste ; car la première utilité pour une société, c'est la justice. Mais ceux qui demandent s'il est utile de rémunérer dans l'avenir le travail de l'intelligence ne sont donc jamais remontés par la pensée jusqu'à la nature et jusqu'aux résultats de ce travail. Ils auraient vu que c'est le travail qui agit sans capitaux, qui en crée sans en dépenser, qui produit, sans autre assistance que celle du génie et de la volonté.

Jusqu'à ses résultats ? Ils auraient vu que c'est l'espèce de travail qui influe le plus sur les destinées du genre humain ; car c'est lui qui agit sur la pensée, qui la gouverne. Que l'on parcoure en idées le monde et les temps, bible, védas, confutzée, évangile, on retrouve partout un livre saint dans la main du législateur, à la naissance d'un peuple. Toute civilisation est fille d'un livre. L'œuvre qui crée, qui détruit, qui transforme le monde, serait-elle une œuvre indifférente au monde ? " où en sommes-nous ? Il s'agit de prouver qu'il est utile de consacrer entre les mains des écrivains et de leur famille la propriété de leurs œuvres . Et au lieu de cela, M De Lamartine nous prouve, ce que aucun de nous n'a jamais mis en doute, que la pensée est utile ! Voilà un étonnant paralogisme. Oui, certainement la pensée est utile ; et bien loin de nier cette vérité, c'est au contraire sur elle que nous nous appuyons pour demander qu'on n'en gêne pas le cours, qu'on n'en puisse jamais arrêter la propagation. C'est parce que toute civilisation est fille d'un livre que nous ne voulons pas qu'il soit permis, même à l'auteur d'un de ces livres, après qu'on l'en aurait déclaré propriétaire, de le déchirer et d'en jeter les feuillets au vent. Et ce que nous refusons à l'auteur, par respect pour Dieu, premier auteur des livres que vous appelez saints, vous l'accordez, vous, à un héritier qui sera un idiot, peut-être un scélérat ou un fou ! Et c'est au nom des services immenses qu'un livre peut rendre à l'humanité que vous reconnaissez à un individu, qui ne l'aura pas fait ce livre, qui souvent sera hors d'état de le comprendre, l'inconcevable droit de le détruire ! Car si vous admettez ce fait comme peu probable, il faut du moins que vous le teniez pour légitime, sous peine de renverser d'une main l'édifice que vous élevez de l'autre, sous peine de décréter la propriété en dépouillant le propriétaire des prérogatives qui la constituent.

Se figure-t-on l'évangile appartenant, par droit de succession, à monsieur un tel ? Se figure-t-on un spéculateur achetant le droit exclusif de mettre en vente le salut du genre humain ? " enfin, cela est-il possible ? Cette richesse éventuelle et fugitive qui résulte de la propagation matérialisée de l'idée par l'impression et par le livre est-elle de nature à être saisie, fixée et réglementée sous forme de propriété ? à cette question, le fait avait répondu pour nous. Cette propriété existe, se vend, s'achète, se défend comme toutes les autres. Nous n'avions qu'à étudier ses procédés, et à régulariser ses conditions pour la faire entrer complètement dans le domaine des choses possédées et garanties à leurs possesseurs. C'est ce que nous avons fait. " M Berville a si victorieusement répondu à ce passage du rapport de M De Lamartine, que nous ne saurions mieux faire que de reproduire textuellement ici les paroles de M Berville : " en proclamant la propriété, soit perpétuelle, soit cinquantenaire, ce qui, dans la pratique, aboutit presque au même résultat, vous sortez des mains de l'auteur, vous rencontrez les héritiers. Eh bien ! Les héritiers, passe encore pour la première génération, en supposant toutefois que ce ne soient pas des collatéraux ; mais une fois que ces héritiers viennent à se disséminer, où les prendrez-vous ? Faudra-t-il que la propriété littéraire soit formulée en une sorte d'aristocratie, qu'elle ait ses Chévrin et ses D'Hozier ? Ou faudra-t-il avoir un livre d'or comme à Venise ? Ce n'est pas tout : ce droit que vous accordez, ce n'est pas seulement aux héritiers qu'il est donné ; la propriété n'est pas transmissible seulement par héritage, elle l'est encore par vente, par donation ; vous l'accordez donc aux cessionnaires ; et comme ces contrats ne sont pas choses publiques, il faudra les deviner, il faudra savoir à qui vous adresser.

Où s'arrêteront vos recherches ? " M Berville a raison. On ne saurait étendre l'exercice de la propriété littéraire sans s'approcher de plus en plus du chaos. En concluant de ce qui est possible avec le délai de vingt ans, à ce qui serait possible avec le délai de cinquante, M De Lamartine n'a pas vaincu la difficulté : il l'a éludée. Il n'a pas pris garde qu'à mesure que les années se succèdent, la propriété littéraire change de main et se divise de telle sorte qu'il devient enfin impossible d'en suivre la trace. Le rapport de M De Lamartine ne prouve donc rien de ce qu'il voulait prouver. Mais que dire de la discussion à laquelle il a donné lieu ? M G Cavaignac a écrit dans le journal du peuple un article où se trouve traitée d'une manière très élevée la question qui nous occupe. " l'homme de talent ne doit pas plus qu'un autre être esclave de la misère ; mais s'il ne s'adonne point volontairement à cette indépendante pauvreté qui sied aux ames fortes, aux existences simples, du moins il ne doit pas nourrir les idées de luxe, ni les goûts qui les inspirent. Lorsqu'un écrivain aime l'argent, on peut toujours douter qu'il ait du talent ou qu'il en conserve. S'il en a, l'avarice le dégrade, le luxe l'énerve. S'il en avait, l'écrivain ne chercherait, ce me semble, son plaisir que dans son esprit même et dans sa renommée ; que dans sa conception, dans son influence : il n'aurait pas besoin, sans doute, des jouissances d'Harpagon ou de Turcaret. Notre société n'a plus rien de ces conditions cénobitiques, rien de ces existences graves qui conservaient du moins la tradition des mœurs austères et désintéressées, des règles d'isolement et d'abstinence, des dévouements modestes et fidèles. Plus de bénédictins labourant à l'écart quelque coin du monde savant ; plus de missionnaires portant au loin leurs doctrines, jusqu'au fond de contrées sans échos pour leur nom ; plus de corporations enseignantes se cloîtrant dans la sobriété et l'obscure utilité des colléges.

Tout cela certes se mêlait à trop d'abus et de vices pour que nous en regrettions le temps, mais nous regrettons l'exemple de ces nobles et graves habitudes de désintéressement, de retraite, de dévotion au bien et à l'étude. C'est un rôle vacant aujourd'hui, et que nous voudrions voir rempli par des hommes de lettres dignes de ce nom. " voilà de nobles pensées, noblement exprimées et la chambre aurait dû se placer à cette hauteur pour discuter la question. Mais faire de la pensée une chose, et chercher péniblement combien durera pour une famille la possession de cette chose ; mais épuiser toutes les arguties que peut fournir l'esprit de chicane pour arriver à savoir si les créanciers d'un éditeur, par exemple, pourront, oui ou non, saisir entre ses mains le génie d'un grand homme, comme gage de leurs créances ; et si le mari, dans le régime de la communauté, aura le droit, comme chef de l'administration, de publier, sans l'aveu de la femme, les ouvrages de son conjoint ; et si c'est à la femme qu'appartiendra, sans restriction, le droit de publier les œuvres posthumes de son mari, etc., etc. ; tout cela est puéril, tout cela est misérable. De ces querelles de procureur, que devait-il éclore ? Qu'on en juge : I le droit exclusif de publier un ouvrage est accordé à l'auteur et à ses représentants pendant toute la vie de l'écrivain et trente ans après sa mort ; 2 ce droit est déclaré insaisissable dans la personne de l'auteur et saisissable seulement dans celle du cessionnaire, et par les créanciers de celui-ci ; 3 à défaut de convention expresse, l'auteur n'est censé céder qu'une première édition. Telles étaient les principales dispositions de la loi proposée d'après les principes émis dans le rapport de M De Lamartine.

La conclusion était digne de l'exorde. ô Descartes ! ô Montaigne ! ô Pascal ! ô Jean-Jacques ! ô vous tous dont les écrits ont livré à la nation française la royauté intellectuelle du monde, que diriez-vous si vous pouviez voir quel triste usage on fait de votre renommée, et pour le triomphe de quelle cause on invoque vos noms immortels ? Du moins, si ce qu'on enlève à la majesté de la fonction, on l'ajoutait au bien-être de ceux qui l'exercent dignement ! Mais, parce qu'on aura étendu de vingt à trente ans, la jouissance de l'héritier, s'imagine-t-on que le sort des hommes de lettres sera bien réellement amélioré ? L'écrivain courageux qui consacre les trois quarts de sa vie à un ouvrage destiné à peu de lecteurs en sera-t-il mieux rétribué ? Le jeune homme qui n'a ni relation, ni fortune, ni renommée, en trouvera-t-il plus aisément un éditeur ? La vogue en sera-t-elle moins acquise à tout auteur qui flatte les travers et les vices de son époque, au détriment de qui les redresse, les combat et les flétrit ? Voilà les plaies qui appellent un prompt remède. Et au lieu de songer à les guérir, nos législateurs se préoccupent... de quoi ? J'ai honte, en vérité, de le dire : -le petit-fils d'un homme de génie, mourant de faim, quel spectacle ! -ce spectacle serait douloureux, en effet. Mais comment le petit-fils d'un homme de génie peut-il être exposé à mourir de faim ? Si c'est parce qu'il ne veut rendre à la société aucun service, je ne saurais le plaindre. Si c'est parce que ses services ne sont pas récompensés comme il convient, par la société, la faute en est à votre organisation sociale : changez-la. Iii. Quel est, selon nous, le moyen de remédier au mal. Voici, dans toute loi sur la littérature et les gens de lettres, les résultats à obtenir : I affaiblir autant que possible l'influence désastreuse qu'exerce sur la littérature la guerre acharnée que se livrent les éditeurs ; 2 fournir à tout auteur de mérite, pauvre et inconnu, le moyen d'imprimer ses œuvres et de faire connaître son talent.

3 établir parallèlement au système de la rétribution par l'échange, un mode de rémunération qui proportionne la récompense au service, la rétribution au mérite, et encourage les travaux sérieux, en

affranchissant les écrivains de la dépendance d'un public qui court de préférence à ce qui l'amuse, et ne paie trop souvent que pour être corrompu ou trompé ; 4 faire en sorte que les livres les meilleurs soient ceux qui coûtent le moins cher. 5 créer une institution qui, par sa nature, limite les bénéfices des contrebandiers littéraires, et combatte cette honteuse tendance des écrivains à se faire spéculateurs ou pourvoyeurs de la spéculation. Pour atteindre, au moins en partie, les divers résultats qui viennent d'être énumérés, nous proposerions ce qui suit : une librairie sociale serait fondée par les moyens et sur les bases indiqués dans ce livre au chapitre organisation du travail . Cette librairie sociale relèverait de l'état, sans lui être asservie. Elle se gouvernerait elle-même, et ferait elle-même, entre ses membres, la répartition des bénéfices obtenus par le travail commun, ainsi qu'il a été dit dans l'article précité. Seulement, sa constitution serait originairement réglée par des statuts que l'état aurait rédigés en forme de loi, et dont il aurait à surveiller la stricte exécution. Conformément à ces statuts, la librairie sociale n'aurait à payer aucun droit d'auteur. Le prix des livres qu'elle jetterait dans la circulation serait déterminé d'avance par l'état, et calculé en vue du meilleur marché possible. Tous les frais d'impression seraient à la charge de la librairie sociale. Un comité d'hommes éclairés, choisi et rétribué par elle, recevrait les ouvrages. Les écrivains dont la librairie sociale éditerait les œuvres acquerraient, en échange de leurs droits d'auteurs, dont ils feraient l'abandon, le droit exclusif de concourir pour les récompenses nationales.

Il y aurait au budget un fonds spécialement destiné à rétribuer, sous forme de récompense nationale, ceux des auteurs susdits qui, dans toutes les sphères de la pensée, auraient le mieux mérité de la patrie. Toutes les fois que le premier ouvrage d'un auteur aurait été jugé digne d'une récompense nationale, il y aurait lieu à accorder une prime à la librairie sociale. Cette prime aurait pour but d'encourager la librairie à prêter son appui aux jeunes talents, et de l'indemniser des pertes auxquelles cette protection pourrait quelquefois l'exposer. Les représentants du peuple nommeraient, chaque année, et pour chaque genre de travail intellectuel, un citoyen qui serait rétribué par la librairie sociale, et aurait mission d'examiner, dans sa sphère, les ouvrages sortis des presses sociales. Il aurait une année entière pour approfondir les critiques qui seraient faites de ces ouvrages, étudier l'impression que la société en aurait reçue, interroger enfin l'opinion publique, représentée par ses organes les plus intelligents, et non par la multitude aveugle des acheteurs. Au bout de l'année, il soumettrait aux représentants du peuple les résultats de son examen, dans un rapport motivé et soigneusement détaillé. Un mois après la publication de ce rapport, qui serait faite avec toute la solennité convenable, les représentants du peuple feraient, entre les auteurs jugés dignes de la reconnaissance de la patrie, la répartition du fonds des récompenses nationales. Il va sans dire que, dans cette répartition on aurait égard à la nature des travaux et au temps employé pour les accomplir. Ce système paraîtra naïf aux uns, bizarre aux autres, je le sais ; et déjà les objections s'élèvent en foule. Voyons un peu cependant. Personne n'ignore de combien d'obstacles est aujourd'hui hérissée l'entrée de la carrière littéraire.

êtes-vous jeune, êtes-vous pauvre, êtes-vous si peu favorisé du destin qu'il ne vous ait donné qu'une bonne intelligence et un noble cœur ? ... alors, malheur à vous ! Malheur à vous, surtout, si, prenant votre vocation au sérieux, vous n'avez songé qu'à travailler pour l'avenir, avec l'amour des hommes, et sous l'œil de Dieu ! Les difficultés s'entasseront sur vos pas, et l'air manquera longtemps peut-être à votre intelligence. Les dispensateurs patentés de la gloire vous répondront, si vous allez à eux, à supposer qu'ils soient en état de vous comprendre, que votre nom est trop obscur et votre œuvre trop sérieuse, que le succès n'appartient qu'aux réputations acquises et aux écrits décevants, que trop de désordre s'est introduit dans les affaires de ce siècle, pour qu'un éditeur prudent se hasarde à publier à ses risques et périls un livre sans estampille ; ou bien, ils vous épargneront l'humiliation d'un refus, mais en vous imposant les conditions les plus dures, et en vous faisant de la publicité une aumône spoliatrice. Le système que nous proposons indique un remède à ce mal immense. En substituant une association qui traite au grand jour à des individus isolés qui traitent dans l'ombre, il coupe court aux fraudes et aux violences que provoque et protége l'obscurité des relations privées. Il fait dépendre la publication des bons livres, non plus de spéculateurs, qui n'ont souvent d'autre intelligence que celle du commerce, mais d'hommes compétents, qu'il intéresse au succès de toute œuvre utile et recommandable . En un mot, il tend à ouvrir une issue aux talents ignorés, et à féconder tous les germes que la société cache dans son sein. Aujourd'hui, et sous l'empire, de jour en jour plus envahissant, des passions mercantiles, il est manifeste que la littérature se rapetisse, se corrompt, se dégrade, se prostitue.

Les écrivains, n'ayant plus d'autre perspective que l'argent, et d'autre moyen d'en avoir que le commerce, la pensée n'est plus qu'une affaire de courtage ; et comme la qualité importe peu dans ce genre de trafic, c'est sur la quantité qu'on spécule, on inonde le marché de mauvais livres, et les perles restent à jamais enfouies dans ce fumier. Adieu les travaux patients et méritoires ! Est-ce que la cupidité peut attendre ? Adieu ce génie qui est l'étude ! Pour jouir de la vie, faut-il laisser venir la vieillesse ? D'ailleurs, à quoi bon ? L'état n'existant que de nom, et la société n'étant qu'un amalgame confus d'individus juxta-posés, où serait l'acheteur des œuvres sur lesquelles se consume toute une vie ? La gloire ici ne viendrait pas même consoler le courage de la pauvreté. Car là où l'argent sert de récompense à l'écrivain, le jugement de la postérité, c'est l'affluence de ceux qui paient ; et la gloire, c'est la vogue. Dans le système proposé, beaucoup de ces inconvénients disparaîtraient. L'homme de lettres serait élevé jusqu'à sa mission, lorsqu'il aurait devant lui, comme encouragement à l'étude, la perspective d'une récompense qui témoignerait de ses services, le dédommagerait de son désintéressement et le déclarerait solennellement créancier de son pays. Mais, jusqu'à ce que cette récompense eût été obtenue, comment l'homme de lettres lutterait-il, s'il était pauvre, contre la nécessité de vivre ? Il imiterait Jean-Jacques : en dehors de son travail intellectuel, il se vouerait à l'exercice d'une profession lucrative. La dignité de l'homme de lettres, son indépendance, sa royauté, ne sont qu'à ce prix. L'homme, grace au ciel, a reçu de Dieu des aptitudes diverses. Pourquoi sa fonction serait-elle une, quand sa nature est multiple ? Aussi bien, l'intelligence ne saurait être continuellement en gestation ; comme la terre, elle veut être ménagée, et la variété des semences qu'on lui confie redouble sa fécondité.

On demandera peut-être ce que deviendraient, dans notre système, les écrivains qui, prisant la gloire beaucoup moins que l'argent, n'acceptent pour juges que leurs acheteurs. Ceux-là auraient la ressource d'éditer eux-mêmes leurs œuvres ou de les éditer, tout comme cela se passe aujourd'hui. La condition, il est vrai, deviendrait moins favorable, puisque la librairie sociale ferait une concurrence sérieuse aux éditeurs particuliers. Mais de quels écrivains est-il ici question ? De ceux qui, par l'attrait que leurs livres empruntent soit à la frivolité, soit à la corruption, soit au scandale, font pour ainsi dire violence à la bourse d'un grand nombre de lecteurs, et courent après les gros bénéfices. Or, quand le bénéfice des livres futiles ou dangereux serait diminué au profit des bons livres, où serait le mal ? Est-ce que la société peut souffrir qu'on devienne démesurément riche en la trompant, alors qu'en la servant on est exposé à demeurer pauvre ? Cela est-il équitable ? Et la nation au sein de laquelle se produit ce honteux phénomène, ne penche-t-elle pas du côté des abîmes ? Oui, le système proposé aurait pour résultat inévitable de réduire le nombre et les bénéfices de ceux qui font de la pensée métier et marchandise. Mais ce résultat milite en faveur du système, loin de le combattre. Nous prévoyons une autre objection. On va nous opposer le danger de rendre l'état arbitre souverain des productions de l'esprit. Mais pour peu qu'on y réfléchisse, on sera tout-à-fait rassuré. L'état, je le répète, serait le législateur de la librairie sociale, il n'en serait pas le directeur. Une fois les statuts rédigés, il en surveillerait l'exécution, comme il surveille l'exécution de la loi qui défend d'escalader une maison ou de tuer un passant.

Là se bornerait son intervention. Qu'aurait-elle d'absorbant et de tyrannique ? Quant aux récompenses nationales, ce ne serait pas le pouvoir exécutif qui les décernerait, mais la société elle-même, représentée par ceux qui en forment l'élite, et qu'elle choisit pour la personnifier et la résumer. Qui nous répond, direz-vous, des lumières et de la probité de ceux qui seraient appelés à désigner les candidats ? Ce qui vous en répond, je vais vous le dire en deux mots : leur intérêt. Car j'admets pour un moment, et l'hypothèse est exorbitante, qu'une assemblée choisisse un ignorant pour la guider dans l'appréciation des œuvres scientifiques : est-ce que cet ignorant accepterait une mission semblable ? Est-ce qu'il s'exposerait de gaieté de cœur à la risée du monde ? Et si à la place d'un ignorant vous mettez un homme corruptible, quel excès d'audace et d'impudence ne lui faudrait-il pas pour braver la responsabilité morale la plus lourde qui ait jamais pesé sur un homme ? Qu'on le remarque bien : il ne s'agit pas ici d'une académie délibérant à huis clos, et composée d'hommes entre lesquels la responsabilité s'égare et s'évanouit ; la responsabilité ici serait personnelle, nominative : il faudrait la repousser ou l'accepter tout entière . Et puis, tout s'accomplirait au grand jour, tout se ferait avec retentissement. On aurait à se prononcer sur le plus élevé de tous les théâtres, devant son pays, devant le monde entier. Le juge aurait eu toute une année pour former son jugement. Quand il l'exprimerait, la critique aurait déjà parlé ; l'opinion de tous les hommes intelligents serait connue : que de garanties, sans parler de celle qui résulterait du choix fait par l'assemblée ! Car quelque défiance qu'on ait des assemblées délibérantes, on nous accordera du moins qu'il est des questions devant lesquelles l'esprit de parti est frappé d'impuissance.

Au reste, que des erreurs fussent possibles, une pareille objection est absolument sans valeur. à quelle institution ne s'adresse-t-elle pas ? Une société se passera-t-elle de lois parce que le législateur n'est pas infaillible ? Renverserez-vous vos tribunaux parce qu'une erreur de jugement peut y décider de la fortune d'un citoyen, de sa liberté, de sa vie ? Aussi longtemps qu'il y aura des hommes soumis aux écarts de l'intelligence, et dupes des passions du cœur, tous les systèmes seront imparfaits. Ceux qui donnent la réalisation de leurs idées comme une panacée universelle, d'un effet immédiat, sont des charlatans dont il faut se défier ou des illuminés qu'il faut plaindre. Quand un système est produit avec bonne foi, il convient donc de l'examiner avec bonne foi, c'est-à-dire de chercher, non pas s'il est tout-à-fait exempt d'imperfections, mais si la somme des avantages qu'il présente n'est pas supérieure à celle des inconvénients qui en découlent. Notre système ne comprend pas la littérature dramatique, parce que le spectacle étant un moyen direct de gouvernement, il y a lieu d'établir pour la littérature dramatique des règles particulières. Ce sera le sujet d'un travail ultérieur. Nous n'avons rien caché de notre pensée. Tant pis pour ceux qu'aurait blessés notre franchise ! Mais nous nous devions, comme citoyen, de protester contre des doctrines qui aboutissent à l'altération de la littérature et à la dégradation des hommes de lettres. M De Lamartine a dit dans son rapport : " que ne devons-nous pas à ces hommes dont nous avons laissé si longtemps dilapider l'héritage ? Cinq ou six noms immortels sont toute une nationalité dans le passé. Poètes, philosophes, orateurs, historiens, artistes, restent dans la mémoire l'éclatant abrégé de plusieurs siècles et de tout un peuple.

Montaigne joue en sceptique avec les idées, et les remet en circulation en les frappant du style moderne. Pascal creuse la pensée non plus seulement jusqu'au doute, mais jusqu'à Dieu. Bossuet épanche la parole humaine d'une hauteur d'où elle n'était pas encore descendue depuis le Sinaï. Racine, Molière, Corneille, Voltaire, trouvent et notent tous les cris du cœur de l'homme. Montesquieu scrute les institutions des empires, invente la critique des sociétés et formule la politique ; Rousseau la passionne, Fénelon la sanctifie, Mirabeau l'incarne et la pose sur la tribune. De ce jour, les gouvernements rationnels sont découverts, la raison publique a son organe légal, et la liberté marche au pas des idées, à la lumière de la discussion. Mœurs, civilisation, richesse, influence, gouvernement, la France doit à tous ces hommes ; nos enfants devront tout peut-être à ceux qui viendront après eux. Le patrimoine éternel et inépuisable de la France, c'est son intelligence ; en en livrant la généreuse part à l'humanité, en s'en réservant à elle-même cette part glorieuse, qui fait son caractère entre tous les peuples, le moment n'était-il pas venu d'en constituer en propriété personnelle cette part utile qui fait la dignité des lettres, l'indépendance de l'écrivain, le patrimoine de la famille et la rétribution de l'état ? " ah ! Monsieur, lorsque vous laissiez tomber ces mots de votre plume, est-ce qu'aucune voix n'a murmuré dans votre cœur, vous avertissant que vous vous égariez ? Quand il s'agit d'apprécier l'importance des hommes de génie, vous en faites des demi-dieux ; et quand il s'agit de régler leur sort, vous en faites des brocanteurs ! Votre admiration les élève jusqu'au ciel, et votre système les précipite dans l'abîme ! Votre talent vous a trahi, monsieur, ne vous en défendez pas.

Votre éloquence même condamne vos conclusions, et je ne veux d'autre preuve contre vous que la magnificence de votre langage. Non, il n'est pas possible qu'un poète ait été tout-à-fait sincère avec lui-même, lorsqu'il a invoqué tant de gloire et de grandeur à l'appui d'aussi misérables intérêts ! Non ! Cela n'est pas possible. Je crois vous deviner, monsieur : riche et sans enfants, vous avez été séduit par cette idée qu'en réclamant le droit de battre monnaie pour les gens de lettres et leurs héritiers, vous plaidiez une cause qui n'était point la vôtre. Pauvre, vous n'auriez jamais demandé que la rémunération des gens de lettres se soldât en écus . Père de famille, vous auriez cru suffisant pour vos successeurs l'héritage de votre nom. Vous vous êtes trompé vous-même ; vous avez été généreusement dupe du rôle désintéressé que dans cette cause vous avait ménagé le destin. Ce n'est pas un des moins tristes symptômes du mal qui ronge aujourd'hui la société que cette religion de l'industrialisme hautement professée par un aussi grand poète que M De Lamartine, par un homme d'une intelligence aussi élevée. Ainsi, l'industrialisme va rapetissant les situations et les cœurs ; il envahit les choses ; il s'asservit les hommes ; il ose dire au poète lui-même, comme le tentateur à Jésus : Si Cadens Adoraveris Me, et le poète se prosterne ! Eh bien ! Tant qu'il nous restera un souffle de vie, et dût notre voix se perdre dans l'immense clameur de toutes les cupidités en émoi, nous combattrons, nous, ces tendances dégradantes ; nous demanderons que le désintéressement soit conservé au nombre des grandes vertus ; nous demanderons que l'honneur, que la gloire, que la satisfaction du devoir rempli, ne cessent pas d'être proposés pour but et pour récompense à l'activité humaine ; nous demanderons qu'on n'appauvrisse pas l'homme à ce point, qu'il ne lui reste plus d'autre mobile que l'amour de l'or.

Et à ceux qui ne savent pas tout ce qu'il doit y avoir de noblesse dans l'ame d'un écrivain, nous rappellerons ces sublimes paroles de Jean-Jacques : " non, non, je le dis avec autant de vérité que de fierté ; jamais, en aucun temps de ma vie, il n'appartint à l'intérêt ni à l'indigence de m'épanouir ou de me serrer le cœur. Dans le cours d'une vie inégale et mémorable par ses vicissitudes, souvent sans asile et sans pain, j'ai toujours vu du même œil l'opulence et la misère. Au besoin, j'aurais pu mendier ou voler comme un autre, mais non pas me troubler pour en être réduit là. Jamais la pauvreté ni la crainte d'y tomber ne m'ont fait pousser un soupir ni répandre une larme. Mon ame, à l'épreuve de la fortune, n'a connu de vrais biens ni de vrais maux que ceux qui ne dépendent pas d'elle, et c'est quand rien ne m'a manqué pour le nécessaire, que je me suis senti le plus malheureux des mortels. "

FIN